Lisa-Marie Dickreiter und **Winfried Oelsner** sind zusammen 3,64 m groß, 77 Jahre alt und haben beide die gleichen braunen Haare, wenn auch nicht beide die gleiche Menge.

Addiert man ihre Berufe, dann leben 2 Drehbuchautoren, 2 Roman-autoren und 1 1/4 Filmemacher mal in Berlin, mal im Schwarzwald unter einem Dach – und das die meiste Zeit friedlich. Da sie schon 77 sind, stört es keinen mehr, dass sie gerne Chips und Schokolade essen, viele Filme gucken und dauernd Bücher verschlingen. Mit der Reihe um »Max und die Wilde Sieben« schreiben sie zum ersten Mal auch für Kinder.

Lisa-Marie Dickreiter und Winfried Oelsner

Max und die Wilde Sieben
Das schwarze Ass

Mit Illustrationen von Ute Krause

Verlag Friedrich Oetinger · Hamburg

© 2014 Verlag Friedrich Oetinger GmbH
Alle Rechte vorbehalten
© 2014 Lisa-Marie Dickreiter und Winfried Oelsner (Text)
Einband und Innenillustrationen von Ute Krause
Satz: Dörlemann Satz, Lemförde
Druck und Bindung: GGP Media GmbH, Pößneck
Printed 2014 / III
ISBN 978-3-7891-3332-9

www.oetinger.de

Für Ilona

Inhalt

Kapitel 1
Die neue Klasse

»Ich heiße Max. Ich bin neun und wohne im Altersheim.«

HILFE!

So hat sich Max seiner neuen Klasse auf keinen Fall vorstellen wollen! Jetzt muss ihm blitzschnell was Cooles einfallen. Bloß: Zum blitzschnellen Denken braucht man einen Kopf, der funktioniert – und keinen, der gerade abgestürzt ist wie ein Computer. Max kann nur noch gucken. Und das macht alles noch schlimmer! Weil er sieht, dass die ganze Klasse grinst wie ein Haufen Breitmaulfrösche. Und Herr Brömmer sitzt an seinem Pult und sagt keinen Ton. Dabei werden Lehrer doch dafür bezahlt, dass sie was Kluges sagen!

Am liebsten würde Max zu seinem Platz gehen und sich hinsetzen, damit ihn nicht mehr alle anstarren können. Aber er kann nicht zu seinem Platz gehen, weil er noch gar keinen hat.

»Ähm …« Max holt tief Luft. »Wenn ihr … also, ähm … Wenn ihr eine Frage habt …?«

Das mit der Frage sagt seine Mama immer, wenn sie mit einem Vortrag für die Omas und Opas fertig ist. Weil das

9

angeblich die Stimmung lockert. Und genau das könnte Max jetzt wirklich gut gebrauchen. Er vergräbt seine Hände in den Hosentaschen und versucht, nicht auf die grinsenden Gesichter zu achten. Besonders nicht auf das von dem großen blonden Jungen in der letzten Reihe. Der grinst nämlich plötzlich nicht mehr, der guckt so komisch konzentriert. Und schon streckt er einen Zeigefinger in die Luft und schnipst. Er macht ein freundliches Gesicht, doch Max weiß sofort: Jetzt kommt was Fieses.

»Ich hab 'ne Frage.« Der große Blonde grinst wieder. »Wie is' es denn so im Mumienbunker, Opa?«

Platsch!

Max fühlt sich, als hätte ihm jemand den nassen Kreideschwamm mitten ins Gesicht geworfen. Natürlich lachen jetzt alle. Alle außer Herrn Brömmer. Max ballt seine Hände zu Fäusten und starrt auf seine Turnschuhe. Seine Wangen pochen und brennen, und er weiß, dass sein Gesicht mal wieder so knallrot leuchtet wie eine Tomate.

»Kannst du auch dein Gebiss rausnehmen?«, fragt der große Blonde.

Die Jungs in der hintersten Reihe biegen sich vor Lachen.

Na super.

Max kennt das schon aus seiner alten Klasse: Der Bandenchef hat einen Witz gemacht, da ist lachen Pflicht. Zum Glück merkt Herr Brömmer endlich, dass es Zeit wird, was Kluges zu sagen.

»OLE SCHRÖDER, DAS REICHT!«, sagt er.

Sofort schrumpft das Lachen zu einem leisen Kichern zusammen.

»Also, ihr habt's gehört: Max ist euer neuer Mitschüler. Seine Mutter arbeitet im Seniorenheim Burg Geroldseck, und deswegen wohnt er seit einer Woche dort.« Herr Brömmer schaut Max an. »Richtig?«

Max kann jetzt nicht antworten. Er muss die Zähne zusammenbeißen, damit der fiese Riesenkloß verschwindet, der sich in seinem Hals breitgemacht hat. Also nickt er einfach so cool wie möglich. Trotzdem scheint Herr Brömmer etwas von dem Riesenkloß zu ahnen, denn er legt eine Hand auf Max' Schulter. Die ist schwer. Und warm. Eine schöne, tröstende Wärme, doch Max schüttelt die Hand ab. Mit einem Riesenkloß im Hals muss man höllisch aufpassen. Manchmal reicht eine warme Hand, und er verwandelt sich in Tränen, die man nicht mehr zurückhalten kann. Egal, wie fest man die Zähne zusammenbeißt.

»Max wird diesen letzten Schultag nutzen, um euch schon mal ein bisschen kennenzulernen«, sagt Herr Brömmer zur Klasse. Dann schaut er wieder Max an. »Sicher findest du in den Sommerferien einen neuen Freund, neben dem du im nächsten Schuljahr sitzen willst.«

Einen neuen Freund?

Herr Brömmer scheint nicht nur der Mathe-, sondern auch der Religionslehrer zu sein, so wie der an Wunder glaubt. Aber Max nickt trotzdem.

»Dann setz dich für heute bitte auf den freien Platz neben

Laura.« Herr Brömmer zeigt auf ein Mädchen mit roten Locken, das in der ersten Reihe sitzt. Max nimmt seinen Ranzen und geht zu dem leeren Stuhl hinüber. Er ist heilfroh, dass er sich endlich verkrümeln kann. Außerdem sieht diese Laura ganz nett aus. Und wie gut, dass sie nicht in der letzten Reihe sitzt! Denn dort hockt Ole Schröder und formt mit seinem Mund immerzu dasselbe Wort: O. P. A.

»Hallo«, flüstert Max und setzt sich neben Laura. Doch die antwortet nicht. Sie starrt stur geradeaus und rutscht von ihm weg, als ob er eine ansteckende Krankheit hätte.

Das kann Max auch! Im Stur-geradeaus-Starren ist er unschlagbar.

»So.« Herr Brömmer klatscht in die Hände. »Lasst uns anfangen!«

Wenn Max bloß diesen bescheuerten letzten Schultag noch mal von vorne anfangen könnte! Dann würde er sich so vorstellen, wie er es zu Hause geübt hat: Hallo, ich heiße Max. Ich bin neun und wohne in einer *echten* Ritterburg.

Da wären die anderen bestimmt neugierig geworden. Und dann hätte er mit all den tollen Sachen angeben können, die es in seinem neuen Zuhause gibt. Mit den echten Schwertern und Rüstungen im Waffensaal. Mit den Wehrtürmen, dem Burggraben und der Zugbrücke. Und dann hätten die anderen Max cool gefunden – und *dann* wäre es auch nicht schlimm gewesen, dass auf seiner Burg außer ihm und seiner Mama nur Omas und Opas wohnen. Wenn Ole Schröder dann die Nase gerümpft und »Mumienbunker« gerufen hätte, dann hätte Max einfach ganz schnell von dem Verlies erzählt. Und von den Geheimgängen, die er in den Sommerferien unbedingt entdecken will. Vielleicht hätten die anderen dann sogar Lust bekommen, ihn zu besuchen. Und vielleicht hätten sie dann gemeinsam –

»He, pennst du?« Laura schiebt ein aufgeschlagenes Buch in die Tischmitte. »Kannst mit reingucken. Aber *ich* blätter um!«

Pfhhhh.

Soll Laura doch allein in ihr blödes Buch gucken! Max schüttelt den Kopf und starrt mit seinem Stur-geradeaus-Blick aus dem weit offen stehenden Fenster. Da draußen wartet ein herrlicher Sommertag auf ihn. Die Sonne scheint, und es ist genau richtig heiß. Und wie um Max noch mehr Sehnsucht zu machen, weht ihm ein sanfter Wind den Geruch von Chlor und Pommes in die Nase. Und dann bringt dieser sanfte Wind auch noch die Schwimmbadgeräusche mit! Max hört das helle Klatschen von den Bademeisterlatschen, die auf den Fliesen hin und her laufen. Das laute Prasseln vom Wasserschlauch, mit dem jemand die Plastikstühle abspritzt. Das klirrende Rasseln der Ketten, die von den Leitern der Sprungtürme gezogen werden. Wenn Max könnte, würde er sich auf der Stelle nach draußen beamen.

Kann er aber nicht.

»Alles klar, Max?« Herr Brömmer sieht ihn über den Rand seiner Brille hinweg fragend an. Da hat Max wohl ein bisschen zu laut geseufzt.

»Ja«, sagt er schnell, »alles klar.«

»Gut«, sagt Herr Brömmer und dreht sich zur Tafel.

Doch Max weiß, dass nichts gut ist. Er muss bloß an die große Pause denken, und schon fühlt er sich elend. Ole Schröder und seine Kumpels werden sich bestimmt ein paar fiese Opa-Sprüche einfallen lassen. Und dann werden wieder alle lachen, und Max' Gesicht wird wieder knallrot leuchten, und ganz sicher wird es nicht lange dauern, bis sie ihn auch hier wieder so nennen wie in seiner alten Klasse: Tomate.

Max beißt sich auf die Lippen. Beinahe hätte er noch einmal laut geseufzt. So unauffällig wie möglich dreht er sich um und wirft einen Blick auf Ole Schröder. Und genau in dem Moment schaut der von seinem Buch auf und guckt zurück. Ganz freundlich guckt er. Und jetzt lächelt er Max sogar zu, als ob sie die besten Freunde wären.

Aber darauf wird Max nicht reinfallen!

Für wie doof hält ihn dieser Ole Schröder denn? Max wird megamäßig auf der Hut sein!

Kapitel 2
Ein gebrauchter Tag

Wenn das mal nicht verdächtig ist!

Jetzt hat schon die vierte Stunde angefangen – und es ist NICHTS passiert. Selbst in der großen Pause haben Ole Schröder und seine Kumpels Max in Ruhe gelassen. Nicht ein einziges Mal sind sie ihm auf die Pelle gerückt. Nicht einen fiesen Opa-Spruch haben sie ihm hinterhergerufen. Als ob Max mit einem Schlag unsichtbar geworden wäre.

Eigentlich könnte er jetzt erleichtert sein und sich entspannen.

Eigentlich.

Aber er ist kein bisschen entspannt. Ganz im Gegenteil. Max fühlt sich, als hätte er statt seinem Pausenbrot einen Ameisenhaufen gefuttert. So heftig kribbelt der Verdacht in seinem Bauch. Denn Max weiß: Fiese Typen wie Ole und seine Kumpels lassen einen nicht so schnell in Ruhe.

Da kommt noch was.

Ein lautes Seufzen reißt Max aus seinen Gedanken. Doch dieses Mal hat nicht er geseufzt – sondern Herr Brömmer.

»Eure Ohren sind ja schon längst in den Ferien.« Herr Brömmer klingt sehr streng. Aber dann lächelt er. »Wisst ihr was? Ihr könnt jetzt gehen. Ab in die Sommerferien mit euch!«

Die 3b bricht in wildes Freudengeschrei aus. Blitzschnell werden die Stühle auf die Tische gestellt. Die Fenster geschlossen. Die Tafel gewischt und die Kreide aufgefüllt. Jeder will der Erste sein, der aus dem Klassenzimmer in die Sommerferien stürmt.

Nur Max hat es nicht eilig. Er stellt als Letzter seinen Stuhl hoch und verlässt als Letzter das Klassenzimmer. Die große Treppe geht er im Schneckentempo hinunter, und in der Aula bleibt er immer wieder stehen, um sich seine Schuhe neu zu binden.

Als Max auf dem Pausenhof in die Sonne tritt, sind die anderen schon alle fort. Trotzdem schaut er sich zur Sicherheit um. Er schaut zum Fahrradständer hinüber. Zur Schulmauer mit dem dichten Efeu. Zu den Tischtennisplatten. Nirgendwo ist jemand zu sehen. Nur der alte Hausmeister, der den Pausenhof fegt und Max so garstig anguckt, als hätte der den ganzen Dreck allein gemacht.

Puh!

Dieser letzte Schultag wäre überstanden. Erleichtert winkt Max dem garstigen Hausmeister zu und schiebt sein Rad vom Pausenhof. Wenn er sich beeilt, kann er sich vor dem Mittagessen vielleicht noch die Schwerter und Ritterrüstungen in der Waffenkammer genauer ansehen.

Aber was leuchtet dort zwischen den Zweigen der Hecke? Ist das nicht Oles blondes Haar?

16

Und kichert da nicht wer?

Alarmstufe Rot!

Blitzschnell springt Max auf sein Rad. Und das keine Sekunde zu früh. Denn schon brechen Ole und seine Kumpels mit lautem Gejohle aus der Hecke und sprinten zu ihren Rädern. Noch einmal tief Luft geholt, und – *zack!* – schießt Max los, dass die Steinchen nach allen Seiten wegspritzen. Er beugt sich weit über den Lenker und tritt so stark in die Pedale, wie er kann.

Doch die Verfolger sind ihm dicht auf den Fersen.

Ein Motorrad! Das bräuchte Max jetzt! Dann könnte er aufs Gas drücken und Ole und seine Kumpels in null Komma nichts abhängen. Aber leider muss er selber strampeln. In Max' Ranzen scheint sich ein Känguru versteckt zu haben, so heftig hüpft er auf seinem Rücken auf und ab. Irgendwo hat Max mal gelesen, dass man viel schneller und viel stärker ist, wenn man große Angst hat. Das hier ist der Beweis: So schnell war Max noch nie.

Er rast und rast.

Aber genau das tun seine Verfolger auch. Und als ob die Kacke nicht schon genug am Dampfen wäre, kündigt sich bei Max auch noch das allerschlimmste Seitenstechen an. Und mit dem allerschlimmsten Seitenstechen kann man nicht mehr rasen. Egal, wie viel Angst man hat.

Max wirft einen Blick über die Schulter.

Oh nein!

Wie von Ole und seinen Kumpels bestellt, fährt ausgerechnet *jetzt* der Schulbus an ihnen vorbei – und die Hälfte der 3b klebt an den Fenstern und schaut zu, wie Max sich abstrampelt!

Sie haben es also alle gewusst.

Wenn Max nicht so mit Rasen beschäftigt wäre, würde er vor Wut platzen. Aber was macht Laura denn da am Rückfenster? Drückt sie ihm wirklich gerade beide Daumen? Oder spielen bloß seine Augen verrückt? Doch Max kann nicht länger zu Laura schauen, denn plötzlich taucht Ole neben ihm auf. Er ist so nah, dass er schon eine Hand nach Max ausstreckt.

Vollbremsung!, befiehlt Max' Kopf, und sofort treten seine Beine volle Pulle die Rückbremse durch. Sein Hinterrad schlittert über den Asphalt, und ehe Ole und seine Kumpels kapieren, was los ist, sind sie an ihm vorbeigeschossen. Max reißt sein Rad herum und biegt in einen kleinen Seitenweg ab. Hoffentlich hat Laura seinen coolen Stunt gesehen! Aber wieso denkt er überhaupt an sie? Erst hat sie ihn in der Schule wie Luft behandelt. Und dann hat sie ihn nicht gewarnt, die blöde Zicke, da nützt das Daumendrücken jetzt auch nichts mehr!

Max biegt von dem Seitenweg wieder auf die Hauptstraße ab – und erstarrt vor Schreck.

Ole und seine Kumpels haben ihn umzingelt.

Er sitzt in der Falle.

Verdammter Kackmist! Vor lauter Raserei hat Max ganz vergessen, dass Ole und seine Kumpels sich hier viel besser auskennen als er. Wie soll er aus dieser Falle bloß wieder rauskommen?

»Nicht so schnell, Opa! Sonst kriegst du noch einen Herzinfarkt.« Ole Schröder macht sein Grinse-Gesicht. Und natürlich lachen seine Kumpels, als hätte er den besten Witz aller Zeiten gerissen.

Ha-ha-ha.

Leider ist an Flucht sowieso nicht mehr zu denken. Max ist völlig k. o. Trotzdem: Er wird sich Ole Schröder und seinen Kumpels nicht ergeben.

Niemals!

Und Max wird auch nicht warten, bis sie ihn noch enger eingekreist haben. Er wird ihnen zeigen, dass er Mut hat. Er wird ihnen entgegenfahren!

Max nimmt Anlauf – da knattert plötzlich ein Mofa aus einer Seitenstraße und hält neben ihm. Den silbernen Helm mit den roten Streifen kennt Max! Das muss Raphael sein. Der Neffe vom Seniorenheim-Chef.

»Hallo, Kleiner. Sind die hinter dir her?« Die Stimme gehört tatsächlich Raphael!

Wie immer, wenn Max besonders aufgeregt ist, kriegt er keinen Ton heraus. Er kann nur nicken.

»Dann halt dich fest. Denen zeigen wir's!«

Zögerlich greift Max nach Raphaels Jacke.

»Richtig festhalten, Mann!« Raphael packt Max' Hand und presst sie fest auf seine Schulter. Und schon geht ein Ruck durch Max' Arm, und er spürt, wie sein Rad ganz von allein schneller und schneller wird. Zusammen sausen sie an Ole vorbei, der mit offenem Mund dasteht und glotzt wie eine Kuh, wenn's donnert.

Na, wer kriegt jetzt gleich einen Herzinfarkt?

Zu schade, dass Max sich nicht umdrehen und dem verblüfften Ole und seinen Kumpels noch etwas zurufen kann. Aber er muss nach vorne schauen und sich aufs Lenken konzentrieren. Mit nur einer Hand zu lenken ist nämlich gar nicht so einfach, wenn man so dahinsaust wie Raphael und Max. Wie schnell die Häuser und Läden an ihnen vorbeirasen!

Bald sind da nur noch Wiesen und Felder.

Doch gerade als Max Raphael zurufen will, dass sie jetzt bestimmt langsamer fahren können, schaltet Raphael noch einen Gang höher. Jetzt knattert das Mofa nicht mehr, jetzt röhrt es wie ein Motorrad. In Max' Ohren rauscht und braust der Fahrtwind, und sein Rad rattert und scheppert so sehr, dass er es bis in die Zähne spürt. Gleich wird es in tausend Stücke zerspringen!

Hilfe!

Was ist bloß in Raphael gefahren? Hat der einen Stich unter der Haube, oder warum rast er auf einmal wie ein Irrer? Lange kann Max sich nicht mehr an der Schulter festklammern, seine Finger sind schon ganz taub. Und auch das Einhändig lenken wird immer schwieriger.

Aber loslassen kann Max auch nicht! Denn wenn er das tut, wird er in hohem Bogen auf die Straße krachen. Hat er sich nicht eben noch gewünscht, er wäre so schnell wie ein Motorrad? Nein danke! Diese Raserei ist viel schlimmer als alles, was Ole und seine Kumpels mit ihm hätten machen können!

»Raphael!«, ruft Max, und der Fahrtwind schießt ihm wie ein Schluck kaltes Wasser in den Mund. »Halt an!«

Doch das Mofa wird nicht langsamer.

Gleich ist alles aus!

Gleich wird Max als lebendiger Mofa-Anhänger sterben.

Der Burgberg!

Nie hätte Max gedacht, dass er sich mal so über ein steiles Stück Straße freuen würde. Aber jetzt zwingt der Burgberg das Mofa, mit jedem Meter langsamer zu fahren. Und endlich. Endlich hält es an!

Zuerst kann Max Raphaels Schulter gar nicht loslassen, obwohl sein Kopf seiner Hand das Loslassen ganz dringend befiehlt. Doch dann gehorchen seine Hände und seine Arme und seine Beine wieder, und er steht neben seinem Rad, und nichts saust und braust und rauscht mehr. Alles steht so still wie Max.

»Hast die Hosen voll gehabt, was?« Raphael hängt seinen Helm an den Lenker und grinst Max an. »Kein Wunder, mein neuer Superbock hat ein paar PS mehr! Ich hab ihn gestern erst frisiert.«

Ein paar PS mehr?!

Am liebsten würde Max Raphael vor Wut eine reinhauen. Aber natürlich haut er Raphael keine rein. Er ballt nur die Fäuste. Und natürlich bemerkt Raphael das überhaupt nicht. Stattdessen fragt er: »Krieg ich kein Danke?«

Geht's noch? Da wäre man beinahe gestorben, und jetzt soll man sich auch noch dafür bedanken?!

»Danke«, murmelt Max und starrt auf seine Turnschuhe.

»Na, denn. Bis zum nächsten Mal, Kleiner.« Raphael lässt das Mofa an und knattert gemütlich zum Burgtor hinauf. Eine stinkende schwarze Auspuffwolke nebelt Max ein. Trotzdem holt er tief Luft.

Was für ein bescheuerter letzter Schultag!

Max möchte nur noch eines: sich schleunigst in sein Bett verkriechen, sich die Decke über den Kopf ziehen und erst morgen früh wieder aufstehen. Dieser Tag ist eindeutig einer von der Sorte, die seine Mama »gebrauchte Tage« nennt. Weil die sich so anfühlen, als hätte die schon mal jemand benutzt. Alle guten Momente sind dann schon weg, und man bekommt bloß noch den doofen Rest. Deswegen geht an gebrauchten Tagen alles schief, was nur schiefgehen kann.

Oh, oh: Von *diesem* gebrauchten Tag ist ja noch jede Menge übrig! Was bedeutet: Es kann auch noch jede Menge schiefgehen!

Max stößt einen lauten Seufzer aus. Dann trottet er langsam los und schiebt sein Rad das letzte, allersteilste Stück vom Burgberg hinauf.

Kapitel 3
Willkommen im Alte-Knacker-Heim

Gleich.

Gleich ist Max auf der Burg. Und weil Raphael gerast ist wie ein Irrer, hat Max vor dem Mittagessen tatsächlich noch Zeit für einen Abstecher in die Waffenkammer. Wenigstens *etwas* Gutes nach all der Aufregung!

Aber zuallererst braucht er was zu trinken, denn die Sonne scheint nicht mehr, sie brennt. Und es ist auch nicht mehr genau richtig heiß, sondern viel, viel zu heiß. Besonders, wenn man wie Max die Burgbergstraße hinauftrottet, auf der es weit und breit keinen Schatten gibt. Seine Hände sind schon ganz glitschig vor lauter Schweiß. Und irgendjemand hat Beton in seine Füße gegossen, so schwer und klobig fühlen sie sich auf einmal an.

Jetzt bloß nicht auf die Straße gucken! Denn die sieht bei jedem Schritt gleich aus: nämlich grau. Und Max weiß, dass man von dem immergleichen Grau das Gefühl kriegt, auf der immergleichen Straßenstelle zu laufen. Also guckt er auf die beiden Wehrtürme.

Wie hoch die in den knallblauen Sommerhimmel ragen.

23

Wie düster die Schießscharten aussehen.

Und erst der schwarze Wehrgang zwischen den beiden Türmen!

Wenn dort plötzlich silberne Ritterrüstungen im Sonnenlicht aufblitzen würden, wenn ein Horn tröten und ein Bogenschütze mit seiner Armbrust auf ihn zielen würde – Max wäre nicht besonders überrascht. Denn auch wenn hier schon viele Hundert Jahre lang keine Raubritter mehr leben: Burg Geroldseck sieht immer noch *total echt* aus! Und sie könnte das coolste Zuhause aller Zeiten sein, wenn ... ja, wenn dort nicht die alten Knacker wohnen würden.

Aber das darf Max niemals laut sagen!

Laut sagen muss er: Senioren. Und Seniorenheim. Da versteht seine Mama keinen Spaß! Wenn sie gehört hätte, wie Max vor der neuen Klasse aus Versehen »Altersheim« gesagt hat, wäre sie bestimmt ziemlich sauer geworden und hätte ihm wieder einen langen Vortrag über Höflichkeit gehalten. Zum Glück können Mütter nicht in Köpfe gucken. Denn in seinem stellt Max sich jedes Mal ein riesiges Begrüßungsschild über dem Burgtor vor – und auf dem steht: *Willkommen im Alte-Knacker-Heim.*

Max schaut zum Burgtor und muss grinsen. Eigentlich hat er nichts gegen die Omas und Opas. Denn auch wenn sie alte Knacker sind: Sie sind bloß ein bisschen schuld, dass Burg Geroldseck nicht das coolste Zuhause aller Zeiten ist.

Am meisten schuld ist die Oberschwester Cordula.

Die will nämlich nur eines: dass auf Burg Geroldseck immer und überall RUHE herrscht. Damit die Omas und Opas in Frieden noch älter werden können. Und Kinder mag die Oberschwester Cordula deswegen ungefähr so gut leiden wie Mäuse. Oder wie Fußpilz. Oder wie Mäusefußpilz.

Obwohl Max erst seit ein paar Tagen auf Burg Geroldseck wohnt, hat die Oberschwester Cordula schon so viele Verbote für ihn erfunden, dass er gar nicht weiß, was überhaupt noch erlaubt ist.

Max darf nicht singen. Max darf nicht schreien. Max darf sich nicht in einen leeren Rollstuhl setzen (und schon gar nicht damit herumrasen). Max darf auf den engen Wendeltreppen nicht rennen (und schon gar nicht drängeln). Max darf nicht in den Burggraben fallen (und schon gar nicht reinspringen). Max darf der Oberschwester Cordula nicht widersprechen (und schon gar nicht, wenn sie sich irrt, denn dann wird sie erst recht fuchsteufelswild).

Max' Mama hat alle Oberschwester-Cordula-Verbote auf Zettel geschrieben und an die Kühlschranktür geklebt. Damit Max sie sich gut merken kann. Denn wenn er zu oft gegen sie verstößt, darf er nicht mehr auf Burg Geroldseck wohnen. Und dann kann seine Mama nicht mehr als Nachtschwester arbeiten. Und wenn sie nicht als Nachtschwester arbeiten kann, wird das Geld wieder knapp. Und dann wird seine Mama wieder tiefe Falten auf der Stirn kriegen. Und das will Max auf gar keinen Fall!

Nun ja. Allein machen all die Sachen, die verboten sind, auch gar keinen Spaß. Dafür bräuchte man jemand, der mitmacht. Aber auf Burg Geroldseck gibt es leider nur ein Kind: Max. Und –

»Hast du das hier verloren?«

Max fährt so heftig herum, dass ihm beinahe der Lenker aus den Händen glitscht. Hinter ihm steht eine der Omas mit ihrem Rad und streckt ihm ein orangefarbenes Katzenauge entgegen. Tatsächlich: Zwischen den Speichen seines Hinterrads fehlt eines. Max will sich gerade bedanken, da erschrickt er noch mehr. Erst jetzt sieht er so richtig, *wer* da vor ihm steht.

Langes weißes Haar.

Hellgrüne Augen.

Und trotz Superhitze ein flattriger, feuerroter Mantel.

Das kann nur die verrückte Oma von der Wilden Sieben sein!

Na, super. Die hat Max gerade noch gefehlt. Wenn er das

letzte, allersteilste Stück vom Burgberg doch bloß schneller hochgelaufen wäre! Betonfüße hin oder her, mit der Wilden Sieben ist nicht zu spaßen. Vor der hat sogar die Oberschwester Cordula Angst! Weil die Wilde Sieben verrückt ist und lautstark gegen alles protestiert, was ihr nicht passt.

Zum Glück sind Max und seine Mama gleich von den anderen Schwestern gewarnt worden. Auf den ersten Blick sieht die Wilde Sieben nämlich total harmlos aus. Wenn man neu ist und im Rittersaal zum Tisch Nr. 7 schaut, dann denkt man zuerst: Hä? Diese eine Oma und diese zwei Opas, *die* sollen die gefürchtete Wilde Sieben sein?

»Hallo? Jemand zu Hause?« Die verrückte Oma schaut Max an, als ob *er* nicht ganz dicht wäre. Doch bevor er etwas sagen kann, redet sie schon weiter: »Du siehst so abgekämpft aus. Ist was passiert?«

Max schüttelt den Kopf und guckt auf seine Turnschuhe. Wenn er ihr nicht in die Augen guckt, fängt sie vielleicht keine Unterhaltung mit ihm an. Aber denkste …

»Du redest wohl nicht so gern, mmh?«, hört Max die verrückte Oma fragen.

Was soll er denn jetzt sagen? Bestimmt will sie, dass er sich wegen dem Katzenauge bedankt. Oder soll er zuerst die Frage nach dem Reden beantworten?

»Ich heiße Vera«, sagt die verrückte Oma.

Jetzt muss Max den Kopf heben.

Diese Vera lächelt und hält ihm ihre Hand hin. »Du kannst Du zu mir sagen. Und wie heißt du?«

27

Jetzt muss Max antworten.

»Max«, krächzt er und gibt Vera die Hand.

Wie die zudrückt! Mindestens so fest wie die Möbelpacker, die Max und seiner Mama beim Umzug geholfen haben.

»Wollen wir das letzte Stück zusammen gehen?«, fragt Vera und schiebt ihr Rad neben das von Max.

Auf keinen Fall!, denkt Max, aber aus seinem Mund kommt ein krächzendes: »Ja.«

Und so bleibt ihm nichts anderes übrig, als neben Vera herzutrotten.

»War kein schöner Tag für dich, was?«

Verflixt! Wenn das sogar diese Vera merkt, wird seine Mama es auf jeden Fall merken!

»Geht so«, murmelt Max und schiebt sein Rad ein kleines bisschen schneller.

»Keine Lust auf Sommerferien?«, fragt Vera weiter. Sie scheint Fragen genauso gerne zu mögen wie seine Mama.

»Hm«, macht Max.

Da schaut Vera ihn schon wieder so an, als ob er nicht ganz dicht im Kopf wäre. Aber Max hat jetzt wirklich nicht die geringste Lust, sich mit ihr zu unterhalten. Nach all der Aufregung ist es ja wohl nicht zu viel verlangt, wenn man das letzte Stück Weg alleine nach Hause laufen will. Ohne eine Quassel-Oma!

»In deinem Alter«, sagt Vera, »hatte ich auch keine Lust auf alte Knacker.«

Oha!

Diese Vera ist ja noch besser im Geheime-Gedanken-Hören als Max' Mama!

Aber sie guckt gar nicht verärgert. Sie zwinkert Max zu. Um ihre Augen springen tausend kleine Falten auf, und das sieht so freundlich aus, dass Max auf einmal doch Lust kriegt, sich ein bisschen mit ihr zu unterhalten.

»Fahren Sie in Urlaub?«, fragt er. Erwachsene reden gern über ihren Urlaub.

»Ja, hältst du mich für verrückt?«, ruft Vera laut, und ihr Vorderrad vollführt einen wilden Schlenker. »Nie im Leben fahre ich weg, wenn hier der herrlichste Sommer ausbricht! Mich kriegen keine zehn Pferde von der Burg!«

Warum regt sie sich denn gleich so auf? Bei Vera ist Urlaub wohl kein so ein gutes Thema.

»Mögen Sie die Burg?«, fragt Max hastig. Das ist eine höfliche Frage. Die wird sie sicher beruhigen.

»Du. Sag Du zu mir, sonst komme ich mir so alt vor.«

Das versteht Max jetzt nicht. Vera *ist* doch alt! Sich mit Fremden zu unterhalten ist wirklich kompliziert!

»Max, bleib mal stehen.« Vera legt eine Hand auf seinen Arm. Die fühlt sich trotz der Superhitze ganz kühl an. Und ein bisschen rau und raschelig wie altes Zeitungspapier.

»Schau mal.« Vera weist mit dem Kinn Richtung Burg. »So kurz vor dem Tor hat man den besten Blick.«

Nein, will Max schon sagen, den hat man von der Wehrmauer aus! Da merkt er, dass Vera recht hat. An dieser Stelle macht die Straße einen Knick – und deswegen kann man gleichzeitig die beiden schönsten Seiten vom Burgberg sehen: Die Waldseite, die mit ihren welligen Hügeln so gemütlich aussieht wie ein alter verrutschter Teppich. Und die düstere Schluchtseite. Die ist so steil, dass man ein Doppelkinn kriegt, wenn man von der Wehrmauer aus hinuntergucken will. Nicht einmal die Sonnenstrahlen dringen in die tiefe Schlucht. Nur der Fluss schießt schaumig weiß über die Felsen und gurgelt und brodelt in den Spalten.

»Ist das nicht schön?«, fragt Vera.

»Ja«, sagt Max.

Dann schauen und schweigen sie beide.

Kapitel 4
Aufregung im Burghof

»Aufgepasst«, sagt Vera, als sie das Burgtor erreichen, »wir passieren die Kälteschleuse.«

Kaum hat sie das gesagt, spürt Max auch schon die kühle Luft und eine Sekunde später die Gänsehaut, die seine nackten Arme und Beine überzieht. Sobald man durch das Burgtor von Burg Geroldseck geht, fühlt sich das ein bisschen so an, als ob man in einen Kühlschrank kriechen würde. Max weiß, dass das an den dicken Steinen liegt, die nichts von der Sonnenwärme durchlassen.

»Brrrr!« Mit einer Hand hält Vera ihren feuerroten Mantel zu.

Max macht die Kälteschleuse nichts aus. Im Gegenteil. Er mag dieses kurze Frösteln. Immer, wenn er es spürt, hat er das Gefühl, dass die Burg ihn damit begrüßt: Hallo, Max, jetzt bist du in deinem neuen Zuhause.

»Himmel!«, ruft Vera plötzlich. »Was ist denn hier los?!«

Und genauso plötzlich bleibt sie stehen, sodass Max mit seinem Schienbein gegen eines ihrer Pedale knallt.

Aua!

Dann sieht Max, was sie gemeint hat: Mitten im Burghof

31

parken ein Krankenwagen und gleich zwei Polizeiautos! Und dort, wo sonst Ruhe und Frieden herrscht, wimmelt es nur so von aufgeregten Omas und Opas und Schwestern und Polizisten!

»Komm, Max, das schauen wir uns näher an.« Vera lehnt ihr Rad einfach gegen die Zierhecke. Normalerweise ist das allerstrengstens verboten! Aber bei so einer Aufregung kann man sicher mal eine Ausnahme machen, das muss selbst die Oberschwester Cordula einsehen. Also lehnt Max sein Rad auch gegen die Zierhecke und folgt Vera Richtung aufgeregtes Gewimmel.

Da kommen schon die beiden verrückten Opas vom Tisch Nr. 7 auf sie zugestürzt. Wie komisch die nebeneinander aussehen! Der eine Opa ist klein und breit, und seine Nase so platt, als ob ein Boxer einen ganzen Tag lang darauf herumgehauen hätte. Er trägt einen Trainingsanzug, und um den Hals hängt ihm ein weißes Handtuch. An dem anderen Opa ist alles lang und dünn, und er geht so watschelig wie eine Ente, weil seine Beine in riesigen grünen Gummistiefeln stecken.

»Vera, du ahnst ja nicht, was passiert ist!«, ruft der Handtuch-Opa und winkt ihnen aufgeregt zu. Sein Trainingsanzug knistert wie eine Plastiktüte. »Jemand ist in die Wohnung von Frau Butz eingebrochen und hat ihren ganzen Schmuck gestohlen!«

»Und das am helllichten Tag! Der Schweinehund soll's mal bei mir versuchen! Ich bin gewappnet!« Der Gummistiefel-

Opa zieht eine riesige Piratenpistole aus seiner Jacke und fuchtelt wild damit herum. Silbern glänzt der Lauf im Sonnenlicht. Silbern und gefährlich. Max kann kaum glauben, was er da sieht. Will der Gummistiefel-Opa den Einbrecher etwa erschießen?

»Bist du wahnsinnig!«, zischt Vera. »Steck deine blöde Pistole weg! Wegen dir landen wir alle noch im Gefängnis!«

Bevor der Gummistiefel-Opa antworten kann, lacht der Handtuch-Opa laut auf. »Das ist doch nur eine Modellpistole. Die ist nicht echt.«

»Ist sie doch!«, faucht der Gummistiefel-Opa.

»Nein, ist sie nicht!«

»Doch!«

»Nein!«

»Ruhe, ihr beiden!« Vera stemmt die Hände in die Hüften. »Was soll denn der Junge von uns denken?«

Doch Max ist viel zu eingeschüchtert, um überhaupt was zu denken. Jetzt versteht er, warum man die drei Alten die Wilde Sieben nennt. Modellpistole hin oder her – die sind ja völlig durchgeknallt!

»Schon gut«, murmelt der Gummistiefel-Opa und steckt die Piratenpistole wieder in seine Jacke. »Ist eh nicht geladen.«

»Keine Angst.« Vera legt Max beruhigend die Hand auf die Schulter. »Wir sind wohl alle ein bisschen aufgeregt. Schließlich ist hier gerade ein echtes Verbrechen geschehen!«

Ein *echtes* Verbrechen! Hier, auf Burg Geroldseck! Vor lauter Piratenpistolen-Ablenkung wird es Max erst jetzt so richtig klar: Er steht an einem *echten* Tatort. Genau wie die Meisterdetektive in seinen Lieblingsbüchern! Und nichts anderes will Max einmal werden: ein Meisterdetektiv, der mit seinem messerscharfen Verstand Verbrecher schnappt.

Verstohlen schaut Max sich um. Er wird megamäßig aufpassen, und vielleicht kann er der Polizei dann einen wichtigen Tipp geben. Dann kommt er vielleicht sogar in die Zeitung, und dann hören die aus der neuen Klasse ganz bestimmt auf, ihn zu ärgern. Denn Leute, die in der Zeitung gelobt werden, werden nicht fies behandelt.

»Hat sich jemand verletzt?«

Oh, oh! Max ist ausgerechnet dem Gummistiefel-Opa ins Wort gefallen! Dabei wollte er doch bloß megamäßig aufpassen und überhaupt nichts sagen. Und jetzt schaut ihn auch noch die geballte Wilde Sieben auf einmal an!

»Wegen dem Krankenwagen, meine ich«, fügt Max hastig

hinzu und spürt, wie es in seinen Wangen wieder verdächtig zu pochen beginnt. Bis er ein Meisterdetektiv ist, muss das mit dem Rotwerden aber unbedingt aufhören!

»Wenn die Erwachsenen sprechen, hat das junge Gemüse zu schweigen!« Der Gummistiefel-Opa guckt so verkniffen, als wäre Max nichts weiter als eine nervige Fliege.

»Jetzt friss den Kleinen nicht gleich auf, Kilian.« Vera klopft dem Gummistiefel-Opa beruhigend auf den Arm. »Darf ich übrigens vorstellen: Das ist Max, der Sohn von Schwester Marion.«

Wie komisch das klingt! Dass jemand seine Mama »Schwester« nennt – daran kann Max sich einfach nicht gewöhnen. Doch da zeigt Vera auch schon auf den Handtuch-Opa. »Das ist Horst. Er war früher Fußballtrainer!«

»Hallo, Junge.« Horst greift sich Max' Hand und zerquetscht sie fast.

Max unterdrückt ein Stöhnen. Haben denn alle von der Wilden Sieben mal als Möbelpacker gearbeitet?!

»Kannst du kicken?«, fragt Horst, und dabei klingt er fast noch aufgeregter als eben bei dem Einbrecher. Max nickt hastig, denn Vera stupst ihn in die Seite und zeigt auf den Gummistiefel-Opa. »Und das ist Kilian. Er …«

»Professor von Hohenburg, bitte«, unterbricht der Gummistiefel-Opa sie streng. »Zu meiner Zeit haben Kinder zu Erwachsenen immer noch Sie gesagt.«

»Ach, Kilian«, seufzt Vera, »sei doch nicht so spießig.«

»Spießig?«, regt der Professor sich auf, und seine Nase

scheint vor Empörung noch ein bisschen länger und dünner zu werden. »Ich war Professor an einer Universität. Eine Respektsperson! ›Herr Professor‹ haben alle zu mir gesagt.«

»Nun hab dich mal nicht so, Kilian.« Horst zwinkert Max zu. »Wir wohnen jetzt alle unter einem Dach, da kann man sich auch duzen. Nicht wahr, Mike?«

»Max«, korrigiert Max vorsichtig.

»Meine ich doch«, brummelt Horst und wischt sich mit seinem Handtuch den Schweiß von der Stirn.

»Mach dir nichts draus«, sagt Vera zu Max, »unser Kilian kann Kinder einfach nicht besonders leiden. Die sind ihm zu unberechenbar.«

Schnell schaut Max auf seine Turnschuhe. Wenn hier einer unberechenbar ist, dann ja wohl dieser Professor mit seiner Piratenpistole!

»Aber …« Horst räuspert sich. »Um deine Frage zu beantworten, Malte …«

»Bist du schwerhörig?«, wird er da auch schon vom Professor angeschnauzt. »Der Junge heißt Max!«

»Meine ich doch, verdammt!«

Die beiden verrückten Opas funkeln sich wütend an. Vorsichtig schielt Max von einem zum anderen.

»Was ich sagen wollte«, brummelt Horst wieder, »der Krankenwagen ist für Frau Butz gekommen. Sie hat vor lauter Schreck einen Schwächeanfall erlitten.«

»Die Ärmste!« Vera schlägt sich die Hand vor den Mund. »Hat die Polizei denn den Einbrecher geschnappt?«

»Natürlich nicht, die haben doch keine Ahnung!«, schnaubt der Professor. »Dieser Kommissar Moser will alle Bewohner von Burg Geroldseck befragen. Als ob das was bringen würde!«

Kopfschüttelnd zeigt der Professor auf einen kleinen Mann mit dicker Brille. Der steht mitten in dem aufgeregten Gewimmel und muss der Oberschwester Cordula zuhören. Max weiß, dass man Leute nicht anstarren soll, aber er hat noch nie einen *echten* Kommissar gesehen. Bloß im Fernsehen. Dort sind die Kommissare immer groß. So groß, dass man sie in einem aufgeregten Gewimmel ganz leicht erkennen kann. Doch Kommissar Moser ist eher ein Zwergen-Kommissar. Er ist sogar kleiner als Horst! Wenn der Professor nicht auf ihn gezeigt hätte, hätte Max nie gedacht, dass er der Kommissar ist, der den Einbrecher fangen soll. Fast tut er Max ein bisschen leid. Nicht, weil er so klein ist, sondern weil Max selbst von so weit weg sehen kann, wie wütend die Oberschwester Cordula ist. So, wie ihr Zeigefinger durch die Luft zischt, fegt sie Kommissar Moser gleich die Brille von der Nase.

»Hat die Polizei denn schon jemanden im Verdacht?«, fragt Vera.

Der Professor schüttelt wieder den Kopf. »Die tappen noch völlig im Dunkeln. Keine Spur von dem Einbrecher.«

Max spürt, wie die Gänsehaut auf seine Arme und Beine zurückkehrt. Vielleicht beobachtet der Einbrecher ja genau in diesem Augenblick das aufgeregte Gewimmel im

Burghof. Wenn er schlau ist, dann versteckt er sich dort,
wo niemand ihn vermutet. Und vielleicht hat er sich dafür
ja ausgerechnet den Rabenturm ausgesucht, in dem Max
mit seiner Mama wohnt! Max kneift die Augen zusammen
und guckt zu seinem Fenster hoch. Aber er sieht bloß die
silbernen Blitze, mit denen sich die Sonne in der Scheibe
spiegelt.

Da lässt eine nur zu bekannte Stimme alle zusammen-
fahren. Die Wilde Sieben ebenso heftig wie Max.

»REGEL NUMMER 21! Keine Fahrräder in der Zierhecke!
Das ist allerstrengstens verboten! Wo kommen wir denn hin,
wenn jeder sein Fahrrad abstellt, wo es ihm gerade passt?!
Du!« Der Zeigefinger von der Oberschwester Cordula zeigt
auf Max, als wollte sie ihn damit aufspießen. »Glaub ja nicht,
dass ich auf Burg Geroldseck die Sitten einreißen lasse, nur
weil hier jetzt ein Kind wohnt. Es gibt keine Ausnahmen! Für
niemanden!«

38

»Sie brauchen uns nicht so anzuschreien! Wir sind noch nicht taub.« Vera baut sich vor der Oberschwester Cordula auf und stemmt die Hände in die Hüften. »Und der Junge ist vollkommen unschuldig. Ich habe ihm das mit dem Rad vorgemacht.«

Also, wenn das nicht ziemlich cool von Vera ist! Und wie viel Mut die hat! Es ist das erste Mal, seit Max auf der Burg wohnt, dass es jemand wagt, so mit der wild gewordenen Oberschwester Cordula zu sprechen.

»Frau Hasselberg, ich darf doch sehr bitten! Sie werden ja wohl einsehen, dass gerade heute die Einhaltung aller Regeln wichtig ist. Wie soll die Polizei denn sonst den Einbrecher schnappen?« Die Oberschwester Cordula spricht nicht mehr, sie faucht. Und ausgerechnet jetzt entdeckt Max in dem aufgeregten Gewimmel seine Mama, die aufmerksam zu ihnen herüberschaut.

Dass Mütter aber auch immer eine Ahnung kriegen, wenn man in einem Tumult steckt!

»Mach dich aus dem Staub, Bürschchen, bevor dir der Oberschiri Gelb-Rot zeigt«, raunt Horst Max ins Ohr und stellt sich so vor ihn, dass Max für die Oberschwester Cordula unsichtbar wird.

»Danke«, flüstert Max. Und dann tut er das, was Horst ihm geraten hat: Er macht sich unauffällig aus dem Staub.

Kapitel 5
Regel Nummer 3

»Oh nein, Motzkopf. Du kommst nicht mit!« Schnell macht Max die Wohnungstür wieder zu. Und das gerade noch rechtzeitig! Eine Sekunde später, und Motzkopf wäre wie ein rotweißer Pfeil durch den Türspalt geschossen. Jetzt sitzt er vor Max und maunzt ihn verärgert an.

»Nein. Es. Gibt. Nichts. Mehr. Zu. Fressen.« Max versucht, so langsam und deutlich mit Motzkopf zu reden wie seine Mama mit den schwerhörigen Omas und Opas. »Du. Bist. Zu. Dick. Motzkopf.«

Lautes Fauchen.

Motzkopf kann es überhaupt nicht leiden, wenn man ihn auf seine Problemzonen anspricht. Aber es hilft nichts. Er muss dringend abnehmen, sonst schimpft auch der neue Tierarzt wieder mit Max. Selbst ein so großer und stattlicher Kater wie Motzkopf sollte nicht so viel wiegen wie ein Sack Kartoffeln. Das sieht Max ein. Und er will ja auch nicht, dass Motzkopf die Wendeltreppen irgendwann so laut heraufkeucht wie einige der Omas und Opas. Nur: Motzkopf will von einer Diät nichts wissen. Er will Kekse. Und um Max rumzukriegen, schmiegt sich Motzkopf jetzt an seine Schienbeine und maunzt so kläglich, als hätte er eine ganze Woche nichts zu fressen bekommen.

»Nei-hein.« Max schüttelt den Kopf. Dass sein Kater aber auch so stur sein muss! *Jeden* Abend dasselbe nervige Spiel: Wie kommt Max aus der Wohnung, ohne dass Motzkopf mit durch die Tür schlüpft? Einmal im Freien, macht der sich nämlich sofort auf die Jagd nach offenen Fenstern. Motzkopf liebt offene Fenster. Vor allem die in den Wohnungen von den Omas und Opas. Denn dort findet er, was er sucht: Kekse. Zwei Mal schon hat Motzkopf eine der Omas beklaut – und dafür hat es ordentlich Ärger mit der Oberschwester Cordula gegeben. Die hasst Katzen fast noch mehr als Kinder! Und so lautet eines der wichtigsten Verbote: Motzkopf darf nicht aus der Wohnung!

Deshalb darf Max jetzt keinen Fehler machen.

Ganz unauffällig drückt er die Türklinke hinunter. Doch Motzkopf ist nicht nur der verfressenste Kater der Welt, sondern auch der schlauste. Sofort quetscht er sich zwischen Max' Beinen hindurch. So wird das nichts! Max muss sich was anderes einfallen lassen.

Der rote Flummi!

Max zieht ihn aus seiner Hosentasche, zielt kurz und wirft ihn durch den Flur. Mit lautem Geponge hüpft der Flummi Richtung Wohnzimmer. Und Motzkopf rast hinterher.

Blitzschnell schlüpft Max aus der Wohnung und schlägt die Tür hinter sich zu.

Geschafft!

Max atmet tief durch. Er braucht sein Ohr nicht an die geschlossene Wohnungstür zu legen, er hört Motzkopf auch so mehr als deutlich. Sein Maunzen klingt so schlecht gelaunt und hungrig, dass er jetzt wahrscheinlich sogar eine alte Socke fressen würde.

»Du musst brav sein, Motzkopf. Sonst schimpft der Tierarzt mit uns. Hörst du?« Max seufzt. Es ist wirklich nicht schön, seinen besten Freund so behandeln zu müssen. Aber wenn er selbst heute Abend nicht hungern will, dann muss er sich beeilen. Es ist gleich sieben Uhr! Und um sieben fangen die Küchenfrauen mit dem Abräumen an.

Mist!

Max flitzt die Wendeltreppe hinunter und stürmt über den Burghof. Da schießen ihm ein paar Gedanken durch den Kopf, die ihn fast wieder umkehren lassen.

Was, wenn Motzkopf wegen dem Einbrecher so motzig ist?

Was, wenn er in Wahrheit gar nicht hungrig, sondern *ängstlich* ist?

Was, wenn er bloß nicht allein sein will?

Wie gut Max das versteht! Er ist ja selbst froh darüber, dass er jetzt zum Rittersaal hinüberflitzen kann. Dorthin, wo viele Leute sind. Denn: Wo ein Haufen Leute beim Essen sitzt, da traut der Einbrecher sich ganz bestimmt nicht hin. Da ist man sicher. Während der arme Motzkopf sich vielleicht genau in diesem Augenblick zitternd vor Angst unterm Sofa verkriecht …

»Ich bring dir ein klitzekleines Stück Nachtisch mit«, murmelt Max. Und schon fühlt er sich ein bisschen besser.

Im Rittersaal herrscht an diesem Abend nicht so viel Ruhe und Frieden wie sonst. Kein Wunder: Alle wollen Neues über den Einbrecher erfahren. Und weil die Omas und Opas vor lauter Reden gar nicht ans Essen denken, sind bei fast allen die Teller noch voll. Da wird sich Max gleich zweimal von der leckeren Sahnetorte nehmen!

Aber obwohl das Essen mal wieder super schmeckt, hat Max irgendwie keinen Appetit. Ständig muss er an den Einbrecher denken. Ob es schon Neuigkeiten von der Polizei gibt? Natürlich könnte Max seine Mama fragen. Die weiß bestimmt mehr als die Omas und Opas, doch so lange will er nicht warten. Bis seine Mama Feierabend hat, dauert es noch Stunden!

Also bleibt ihm nichts anderes übrig, als zu lauschen, was die Omas und Opas über den Einbrecher erzählen. Da Max weiß, dass Erwachsene oft nicht alles sagen, wenn sie wissen, dass ein Kind zuhört, tut er das, was er am allerbesten kann: Er verwandelt sich in das unauffälligste Kind der Welt.

Ganz still sitzt Max an dem kleinen Tisch ohne Nummer, den der Hausmeister extra für ihn in den Rittersaal gestellt hat. Und weil er weiß, dass man beim Kauen schlechter hört, isst er nicht weiter. Stattdessen hält er den Kopf gesenkt und starrt auf seinen Teller, als würde er sich fragen, was er als Nächstes mit der Gabel aufspießen soll. In Wahrheit lauscht er wie ein Meisterspion. Und um ihn herum summt und brummt es nur so vor lauter neuer Einbrecher-Nachrichten!

»… wenn ich es sage. In diesem Seniorenheim hat es noch *nie* einen Einbruch gegeben. Noch *nie*!« Die Oma mit den lilafarbenen Haaren haut auf die Tischplatte von Tisch Nr. 9, dass es ordentlich kracht.

»Der ganze Schmuck ist weg.« Das ist der brummige Opa von Tisch Nr. 10. »Der Dieb hat in dem Schmuckkästchen nur eine schwarze Spielkarte hinterlassen.«

Eine Spielkarte?

Fast hätte Max das laut gefragt. Zum Glück kann er sich gerade noch beherrschen.

»Ein Kreuz-Ass. Ich habe genau gehört, wie der Kommissar das gesagt hat.« Das ist die Oma mit der krass piepsigen Stimme.

Komisch. Die sitzt doch gar nicht an Tisch Nr. 10.

Ganz unauffällig dreht Max sich um.

Richtig. Die Piepsstimmen-Oma sitzt falsch.

Als Max sich im Rittersaal umschaut, bemerkt sein Detektivblick sofort, dass viele Omas und Opas nicht auf ihren normalen Plätzen sitzen. Und das, wo doch bei der Oberschwester Cordula alles seine Ordnung haben muss! Aber die scheint das gar nicht zu bemerken. Sie sitzt am Schwesterntisch und sticht mit ihrer Gabel in die Luft.

»Das Kreuz-Ass ist ein Zeichen. Bestimmt will der Einbrecher …« Das ist Vera, die mit Horst spricht. Leider kann Max den Rest von ihrem Satz nicht mehr verstehen, denn gerade ist der Professor mit viel Krach an den Tisch Nr. 7 zurückgekommen. Und mit einem Teller voller Sahnetortenstückchen! Der hat also auch gemerkt, dass heute niemand aufpasst und man Sachen machen kann, die eigentlich verboten sind.

Aber der Professor will die vielen Sahnetortenstückchen gar nicht für sich allein: Ganz gerecht teilt er sie zwischen sich und Horst und Vera auf. Und dabei wirkt er überhaupt nicht mehr grummelig. Im Gegenteil: So, wie die Wilde Sieben die Köpfe zusammensteckt, scheinen sie die besten Freunde zu sein.

Wenn Max ehrlich ist, dann findet er es schade, dass er jetzt nicht am Tisch Nr. 7 sitzen kann. Auch wenn ihm der Professor ein bisschen unheimlich ist – er weiß bestimmt total viele Dinge, von denen Max noch nie gehört hat. Vielleicht kennt er sich ja sogar mit Verbrechern aus! Dann könnte Max ihn alles fragen, was ihm zu dem Einbrecher einfällt: Warum hat er das Kreuz-Ass in das Schmuckkästchen gelegt? Ist das vielleicht eine geheime Warnung, die nur die Erwachsenen verstehen? Und überhaupt: Wie ist der Einbrecher in die Wohnung von Frau Butz gekommen?

»Nein, nein, die Polizei hat keine Spuren gefunden. Nicht mal einen einzigen Fingerabdruck! Ich frage mich, wofür die eigentlich bezahlt werden.« Der Professor hat anscheinend doch noch schlechte Laune.

»Aber wie ist der Einbrecher in die Wohnung von Frau Butz gekommen?«

Na bitte. Vera stellt genau dieselbe Frage wie Max!

»Der Bursche ist an der Hauswand hochgeklettert und durchs Fenster eingestiegen. Der muss fit wie ein Turnschuh sein.« Horst klingt gar nicht böse, sondern eher beeindruckt. So, als ob er großen Respekt vor der Leistung des Einbrechers hätte. Und wie zur Bestätigung beugt er sich verschwörerisch vor. »Leute, Frau Butz wohnt im dritten Stock!«

Oh, oh! So ein fitter Kletterer schafft es auch in den höchsten Stock. Bloß gut, dass Max' Mama heute keinen Nachtdienst hat und er nicht allein im Rabenturm schlafen muss!

Erleichtert lehnt sich Max zurück. Da entdeckt er etwas, das sein Herz stehen bleiben lässt. Er kann richtig fühlen, wie es einen Moment zu schlagen aufhört.

Motzkopf ist im Rittersaal.

Im Rittersaal, in dem Tiere allerstrengstens verboten sind.

Im Rittersaal, in dem die Oberschwester Cordula vor lauter Gereiztheit sowieso schon mit der Gabel in die Luft sticht.

HILFE!

Jetzt braucht Max eine blitzschnelle Rettungsidee. Doch dieser gebrauchte Tag scheint Wiederholungen zu mögen: Wie schon am Morgen ist Max' Kopf so plötzlich abgestürzt wie ein Computer und denkt gar nichts mehr. Max kann bloß hilflos mit ansehen, wie sich Motzkopf auf seine Hinterbeine setzt und sich ganz kugelig zusammenkrümmt.

Oh nein!

Motzkopf macht sich für den Angriffssprung bereit. Und Max weiß genau, wie weit sein Kater springen kann. So moppelig er auch ist – Motzkopf kann fliegen wie ein Adler!

»STOPP, MOTZKOPF! TU'S NICHT!«, brüllt Max.

Doch da bricht die Katastrophe auch schon aus.

Mit einem mächtigen Satz springt Motzkopf auf einen Tisch. Und es ist nicht irgendein Tisch.

Es ist ausgerechnet der Tisch von der Wilden Sieben.

Und dummerweise kann Motzkopf nicht mehr bremsen und landet mit seinem Kopf mitten in Veras Nachtischteller.

Max wünscht sich, auf der Stelle blind zu werden, damit er das alles nicht mit ansehen muss. Aber leider sehen seine Augen so scharf wie immer. Sie sehen, wie Motzkopf mit einer Sahnemütze auf dem Kopf aus Veras Teller auftaucht. Wie Vera vor Schreck die Hände in die Höhe wirft, als fuchtelte jemand mit einer Pistole vor ihr herum. Wie Motz-

kopfs Schwanz durch den Teller vom Professor wischt und die Blumenvase umwirft. Wie die Oberschwester Cordula angestürmt kommt und sich vor Motzkopf aufbaut. Und sie sehen, wie Motzkopf in aller Seelenruhe weiter Veras Nachtisch aufschlabbert – während ihm die Oberschwester Cordula die Gabel auf den Kopf haut.

»REGEL NUMMER 3!!!« Die Oberschwester Cordula schäumt vor Aufregung so sehr wie der Fluss in der Schlucht vom Burgberg. »WEM GEHÖRT DIESE KATZE!?!«

Als ob sie das nicht ganz genau wüsste!

Aufstehen, befiehlt Max seinen Beinen, sofort aufstehen! Zittrig gehorchen sie und staksen zum Tisch Nr. 7 hinüber. Max versucht, so stur wie möglich geradeaus zu schauen, denn er will die Empörung in den Gesichtern der Omas und Opas um ihn herum nicht sehen. Aber er kann sie *hören*. Sie zischt durch die Luft wie die Gabel von der Oberschwester Cordula, und Max hat das Gefühl, in einen Toaster gequetscht worden zu sein, so heiß und eng ist es plötzlich im Rittersaal. Er braucht keinen Spiegel, um zu wissen, dass sein Gesicht zum zweiten Mal an diesem Tag so knallrot leuchtet wie eine Tomate.

»Du … Du …« Die Oberschwester Cordula baut sich vor Max auf. Und dann scheinen ihr die Worte auszugehen. Ratlos schaut sie Max an. Aber er wird jetzt nicht so doof sein und ihr auch noch sagen, wie sie mit ihm schimpfen soll!

»Komm, wir müssen sofort nach Hause!« Max beugt sich

vor und will Motzkopf vom Tisch heben, doch der denkt gar nicht daran, sich einfangen zu lassen. Er schlüpft unter Max' Händen hindurch und springt – auf Veras Schoß.

Hilfe!

Das schöne schwarze Kleid!

Vollgeschmiert mit Sahneflecken und Katzenhaaren.

»Jetzt krieg ich aber gleich einen Blutsturz!« Vera schreit fast so laut wie die Oberschwester Cordula. Wenn ihre hellgrünen Augen Blitze schleudern könnten, dann wären von Max und Motzkopf nur noch zwei kleine qualmende Aschehäufchen übrig.

»Das wird ein Nachspiel haben, Freundchen! Jawohl. Keine Ausnahmen. Für niemanden!« Die Oberschwester Cordula hat ihre Worte zurück. Dafür starrt der Professor Max so fassungslos an, als ob Max ihm gerade seine Piratenpistole geklaut hätte. Nur Horst scheint das alles großen Spaß zu machen.

»Tja, Junge, wie heißt es im Fußball so schön? ›Haste Scheiße am Fuß, haste Scheiße am Fuß.‹« Lachend klopft er Max auf die Schulter.

Aber Max ist überhaupt nicht nach Lachen zumute. Und als zwischen den Omas und Opas das wütende Gesicht seiner Mama auftaucht, weiß er, dass jetzt nur das hilft, was Horst ihm heute schon einmal geraten hat: sich aus dem Staub machen.

Mit einem Sprung, der fast so gut ist wie der von Motzkopf, wirft Max sich auf seinen Kater. Der wehrt sich und strampelt und will zurück zu seiner Sahnetorte. Doch Max hält ihn gnadenlos im Nacken fest.

»So ein Tag ist ja nicht auszuhalten!« Die Gabel von der Oberschwester Cordula saust wie eine verrückt gewordene Silvesterrakete durch die Luft. Und ausnahmsweise ist Max mit ihr einer Meinung: Es ist wirklich nicht auszuhalten, wie viel Elend in einen einzigen gebrauchten Tag passt.

Kapitel 6
Das Nachspiel

Eine Rose? Oder besser zwei?

So wütend, wie seine Mama gestern Abend gewesen ist, beschließt Max, lieber auf Nummer sicher zu gehen. Und wenn er zwei kleine Rosen abschneidet, wird das bestimmt niemandem auffallen. An diesem Busch wachsen ja mindestens hundert! Auch wenn die Oberschwester Cordula das natürlich anders sieht und das Blumenpflücken verboten hat.

Aber was, wenn sie es bloß verboten hat, weil *ihr* nie jemand Blumen schenkt? Was, wenn Max eine Rose für die Oberschwester Cordula mitpflückt? Die würde vielleicht Augen machen …

»REGEL NUMMER 999!« Max kichert und sticht mit der Küchenschere in die Luft.

Dann fällt ihm das Nachspiel ein.

Das Nachspiel, das ihm die Oberschwester Cordula angedroht hat.

Und sofort ist ihm nicht mehr zum Kichern zumute. Diese Sommerferien fangen ja wirklich gut an! Zuerst muss Max seine Mama wieder versöhnen. Und als ob das nicht schon anstrengend genug wäre, auch noch die Oberschwester Cordula! Wenn er die Wahl hätte, würde Max lieber freiwillig zum Zahnarzt gehen.

Jetzt aber Beeilung – sonst wacht seine Mama auf und macht sich das Frühstück selbst. Und dann wird das mit der Versöhnung viel schwieriger. Weil seine Mama dann mehr Zeit hat, sich an ihre schlechte Laune von gestern Abend zu erinnern. Und wenn sie sich erst mal lange genug erinnert, dann hilft es auch nichts, dass Max schon sein Zimmer aufgeräumt und Motzkopfs Klo sauber gemacht hat.

Rasch greift Max nach einer kleinen Rose – und lässt sie sofort wieder los.

Verdammte Axt!

Die pikst ja viel fieser, als er gedacht hätte! Warum müssen Frauen ausgerechnet Blumen mit Dornen am schönsten finden?!

Zum Glück hat Max die Küchenschere mitgenommen. Schnipp, schnapp – und er hält zwei kleine Rosen in der Hand. Die sind noch nass vom Tau, und im Sonnenlicht glitzern die Tropfen wie die winzigen Glaspinguine, die seine Mama sammelt. Davon muss sie einfach gute Laune kriegen!

Schnell stürmt Max durch den Burggarten und über die Turmwendeltreppe hinauf in die Wohnung. In der Küche angekommen, stellt er die Rosen in ein Wasserglas. Und das Wasserglas aufs Frühstückstablett.

Fertig!

Dann mal los.

Als ob seine Mama seine Gedanken gehört hätte, kommt aus dem Schlafzimmer ein lautes Gähnen. Vorsichtig balanciert Max das volle Tablett. Doch schon bei den ersten Schritten beginnt der Tee in der Tasse wild hin und her zu schwappen. Langsamer, befiehlt Max seinen Beinen, wir brauchen nicht zu hetzen! Denn wie er seine Mama kennt, wird sie sich nach dem lauten Gähnen noch mal in die Decke einkuscheln und zuschauen, wie die Staubkörner im Sonnenlicht herumschweben. Und dabei wird sie an seinen Papa denken. Auch wenn sie immer behauptet, dass sie bloß über den Weltfrieden nachdenkt und deswegen so ernst guckt. Natürlich glaubt Max das kein bisschen. Aber weil das Reden über seinen Papa seine Mama nur noch trauriger macht, tut er so, als ob.

»Guten Morgen.« Mit dem Fuß stößt Max die angelehnte Schlafzimmertür auf.

»Guten Morgen.« Die Stimme von seiner Mama kommt von irgendwo aus dem Deckenberg. Nur ihre verstrubbelten Haare schauen oben heraus.

»Ich hab dir grünen Tee gemacht«, sagt Max. »Und ein Brötchen aus dem Rittersaal geholt.«

»Oh«, antwortet der Deckenberg. Dann setzt er sich auf, und eine vom Schlaf zerknitterte Mama kommt zum Vorschein. »Das ist aber ein Service!«

»Zu Diensten«, sagt Max, wie es die Diener in den Filmen immer tun. Das bringt seine Mama zum Lächeln. Sie streckt die Hände aus und nimmt ihm das Tablett ab.

»Mmmh …« Sie schnuppert an den Rosen. »Sogar Blumen! Auch wenn das Pflücken ja eigentlich streng verboten ist …«

»Ja«, sagt Max und drückt sich hinter dem Rücken schnell die Daumen, dass sie jetzt nicht wieder mit der Motzkopf-Sahnetorten-Katastrophe anfängt. Um ganz sicherzugehen, fragt er: »Hast du grade über den Weltfrieden nachgedacht?«

»Nein.« Seine Mama schüttelt den Kopf. »Ich habe mich gefragt, wie es in der neuen Schule gelaufen ist. Tut mir leid, vor lauter Aufregung habe ich nicht mehr dran gedacht. Wie war's denn?«

»Super!«, sagt Max hastig. »Ich hab neue Freunde gefunden. Laura. Und Ole. Und … äh … ich bin sogar mit Ole und seinen Kumpels nach Hause gefahren!«

»Siehst du! Es war also *doch* eine gute Idee.« Zufrieden prostet ihm seine Mama mit der Teetasse zu, und dann guckt sie ihn so glücklich an, dass Max sich mit einem Schlag elend fühlt. Aber er darf ihr jetzt auf keinen Fall die Wahrheit sagen! Die Sache mit dem letzten Schultag war ja allein ihre Idee. Wenn sie hört, dass alles total doof war und Max statt ein paar neuer Freunde bloß neue Feinde bekommen hat, dann kriegt sie wieder die tiefen Falten auf der Stirn …

»Ach, Spatz.« Seine Mama wuschelt ihm durchs Haar. »Das freut mich so! Und du weißt: Du kannst Laura und Ole jederzeit einladen. Ich kann euch Eis holen. Oder wir können grillen.«

»Ja«, sagt Max und schluckt. »Das wär echt super.«

Ole und er beim Würstchengrillen?

Vorher bricht der Weltfrieden aus!

»Das mit dem Frühstück ist sehr lieb, Spatz.« Seine Mama schmiert sich dick Erdbeermarmelade aufs Brötchen. Dabei guckt sie ganz konzentriert. So, als ob es furchtbar schwierig wäre, Erdbeermarmelade auf ein Brötchen zu schmieren.

Oje – Max kennt diesen konzentrierten Blick. Jetzt kommt ein Aber.

»Aber wir müssen noch mal wegen Motzkopf reden.«

So ein Kackmist! Ist das heute schon wieder ein gebrauchter Tag? Und überhaupt: Max kann doch gar nichts dafür! Es kann doch wirklich jedem mal passieren, dass man vor lauter Flummi-Ablenkungsmanöver ein offenes Küchenfenster übersieht!

»Weißt du, was ich mir von der Oberschwester Cordula alles anhören durfte?« Seine Mama schmiert immer noch Erdbeermarmelade aufs Brötchen, obwohl da schon viel zu viel drauf ist. »Sie will sogar, dass wir Motzkopf weggeben.«

Max fährt der Schrecken bis in den großen Zeh. Er springt auf und schreit: »Niemals!«

»Keine Angst.« Auf einmal sieht seine Mama wieder sehr müde aus. »Ich habe die Oberschwester Cordula beruhigen können. Motzkopf darf bleiben. Aber du musst besser aufpassen, Spatz, wir sind hier nur auf Probe. Wenn wir uns nicht benehmen, müssen wir ausziehen.«

»Ich pass besser auf, Mama!« Zur Bekräftigung nickt Max

so heftig, dass er glaubt, sein Genick knacken zu hören. »Versprochen!«

»Ist gut, Spatz. Ich weiß ja, dass du dir Mühe gibst.«

Puh. Max atmet auf.

»Aber.« Energisch klappt seine Mama die beiden Brötchenhälften zusammen und beißt ab.

Noch ein Aber?

Kommt jetzt doch noch eine Strafe?

»Die Geschichte mit Frau Hasselberg …« Seine Mama schluckt den Brötchenbissen hinunter. »Motzkopf hat ihr Kleid total versaut!«

Ah, sie meint Vera.

»Du wirst dich bei ihr entschuldigen. Mit einem Blumenstrauß!«

»Aber …« Max beißt sich auf die Zunge. »Ich meine, okay. Schneid ich ihr halt auch ein paar Rosen ab.«

»Oh nein! Du wirst einen Blumenstrauß *kaufen*. Von deinem Taschengeld. Und es muss ein wirklich großer sein! Frau Hasselberg war früher nämlich im Fernsehen, und bei einer berühmten Schauspielerin kann man nicht mit selbst gepflückten Blumen ankommen!«

Vera war früher im Fernsehen? Vera ist eine berühmte Schauspielerin? Vor Überraschung kann Max gar nichts antworten.

Dann fallen ihm Veras hellgrüne, Blitze schleudernde Augen ein.

Und bei der soll er sich entschuldigen?! Schon bei dem Gedanken werden seine Beine ganz schwach und zittrig. Doch seine Mama macht das Keine-Widerrede-Gesicht. Auch wenn das wegen einem Marmeladenklecks auf der Nase nicht so streng aussieht wie sonst.

»Okay«, murmelt Max.

Hoffentlich wird diese Vera-Geschichte nicht zu teuer. Wo er doch eh schon wieder total pleite ist!

Und wer stolziert in diesem Augenblick durch die Schlafzimmertür, als wäre nichts gewesen?

Motzkopf!

Kapitel 7
Die Wilde Sieben

Es ist wie verhext: Mit jedem Schritt, den Max macht, wird der Weg zu Veras Wohnung nicht kürzer, sondern länger. Und der riesige Blumenstrauß immer schwerer. Mittlerweile hat Max das Gefühl, eine Palme durch Burg Geroldseck zu schleppen! Und dabei muss er auch noch ganz vorsichtig sein, damit er die Blüten nicht zerknickt. Denn sonst sieht der Blumenstrauß doof aus und hat keine Wirkung mehr auf Vera.

»Cool bleiben«, murmelt Max. »Ist doch nur 'ne stinknormale Oma.«

Aber er weiß, dass das nicht stimmt. Vera ist alles andere als stinknormal. Vera gehört zur Wilden Sieben! Und wenn der Weg zu ihrer Wohnung noch länger dauert, kann es sein, dass Max vor lauter Aufregung kein Wort mehr rauskriegt. Dann ist es sowieso aus und vorbei mit dem Entschuldigen. Dann wird sich sein Gesicht mal wieder in eine Tomate verwandeln und das Elend seinen Lauf nehmen!

Max stößt einen lauten Seufzer aus. Da durchzuckt ihn ein Gedanke: Was, wenn er den Blumenstrauß einfach vor Veras Tür legt, klopft und schnell abzischt?

Wenn das nicht eine supergeniale Idee ist!

Erleichtert stapft Max die letzte Wendeltreppe hinauf und schleicht den Flur entlang. Doch gerade als er den Blumenstrauß auf Veras Fußmatte legen will, fällt ihm ein dickes Aber ein: Seine Mama wird ganz bestimmt davon erfahren. Und das bedeutet neuen Ärger! Denn einen Blumenstrauß auf die Fußmatte legen, klopfen und abzischen ist keine besonders höfliche Art, sich zu entschuldigen. Schon gar nicht bei einer berühmten Schauspielerin! Und wie er seine Mama kennt, muss Max sich dann gleich noch mal bei Vera entschuldigen.

Verdammt!

Das würde sein Sparschwein nicht überleben. Auch wenn seine Mama mehr als die Hälfte vom Blumenstrauß bezahlt hat: Max hat ZEHN Euro dazugeben müssen!

Was er sich dafür alles hätte kaufen können … Max mag gar nicht dran denken. Mindestens drei Comics! Und wie viele saure Zungen erst … Die kosten ja nur fünfzehn Cent! Der Professor könnte bestimmt so schnell wie ein Computer ausrechnen, wie viele man für zehn Euro kriegt. Obwohl der wahrscheinlich gar nicht weiß, was saure Zungen sind.

Das Knistern der Blumenstraußfolie erinnert Max daran, dass er sich zusammenreißen muss. Wenn er noch länger nachdenkt, steht er morgen früh noch hier – und dann sind die Blumen verdurstet und verwelkt. Und dann hätte er das Geld auch gleich aus dem Fenster schmeißen können …

Max hebt einen Arm, und wie auf Kommando beginnt sein Herz zu rasen, und eine unsichtbare Klauenhand umklammert seine Brust. Richtig fies drückt die zu!

Cool bleiben.

Und klopfen.

Einen hastigen Atemzug später hört Max von drinnen Veras Stimme: »War da was? Hat da nicht gerade jemand geklopft?«

Soll Max jetzt laut Ja schreien? Oder noch mal klopfen? Oder warten?

Das fängt ja gut an!

Da wird die Tür aufgerissen.

Vor lauter Schreck hält Max den Blumenstrauß vor sich wie ein Ritter seinen Schild. Er sieht nichts von Vera – aber er kann sie hören.

»Hallo, Max. Das ist ja eine Überraschung! Ist der für mich? Komm rein!« Als würde sie jeden Tag Blumen bekommen, rupft Vera Max seinen Strauß einfach aus den Händen und verschwindet in der Wohnung. Das alles ging so schnell, dass er nicht mal Piep sagen konnte. Vorsichtig folgt Max Vera. Ohne Blumenstrauß fühlen sich seine Hände ganz leer an, und er weiß nicht recht, wohin mit ihnen. Also vergräbt er sie in seinen Hosentaschen.

»Komm ruhig!«, ruft Vera von irgendwoher.

Langsam geht Max durch den gelb-grün gestrichenen Flur. Vera scheint komische Sachen zu sammeln: Überall stehen Figuren herum, die aussehen, als ob sie ein Kleinkind aus

Matsch zusammengepampt hätte. Und an den Wänden hängen viele bunte Bilder, doch auf keinem kann man was erkennen. Als hätte jemand ein paar Farbeimer herumgeworfen und dann die Sauerei aufgehängt. Wenn Max so gemalt hätte, hätte er von seinem früheren Kunstlehrer Herrn Kirchner aber ordentlich Ärger bekommen!

Doch als er das Wohnzimmer betritt, hat Max die Bilder schlagartig vergessen. Denn auf dem roten Sofa sitzen Horst und der Professor. Und aus der Küche kommt Vera mit dem Blumenstrauß und einer großen Vase.

Hilfe!

Die Wilde Sieben ist komplett versammelt!

Am liebsten würde Max sich auf der Stelle aus dem Staub machen. Horst hätte dafür bestimmt Verständnis. Aber Max' Mama nicht. Deshalb bleibt er wie angewurzelt stehen.

»Du kannst dich auf den Sessel setzen.« Vera nickt Max zu.

Doch er rührt sich nicht vom Fleck. Er will sich nicht hinsetzen, er will die Entschuldigung so schnell wie möglich hinter sich bringen. Und dann so schnell wie möglich abzischen.

Bloß: Wie soll Max am besten anfangen? Soll er warten, bis Vera eine Frage stellt? Oder bis der Blumenstrauß eine versöhnende Wirkung auf sie hat?

Aber Vera scheint die Blumen gar nicht zu beachten. Sie stellt die Vase einfach auf den kleinen Tisch, auf dem schon drei Teller mit Sahnetortenstückchen, drei Tassen und eine dampfende Kaffeekanne warten. Dann setzt sie sich zwischen Horst und den Professor aufs rote Sofa.

Die Wilde Sieben sagt nichts. Die Wilde Sieben sitzt da und schaut Max an.

Jetzt muss er sich entschuldigen.

Sein Herz rast, und die Klauenhand drückt und drückt. Max öffnet den Mund – und macht ihn sofort wieder zu. In seinem Kopf wirbeln die Wörter durcheinander, und er weiß nicht, mit welchen er anfangen soll. Rasch guckt er auf seine Turnschuhe. Dass auch noch Horst und der Professor hier sein müssen! Drei gegen einen ist wirklich fies!

Irgendwo tickt eine Uhr.

Tick.

Tack.

Vera räuspert sich.

»Wir haben Besuch von Max«, sagt sie. So als ob Horst und der Professor das nicht selbst sehen könnten.

»Na, hoffentlich hat er sein Katzenvieh nicht mitgebracht«, grummelt der Professor.

»Schscht«, macht Vera und klopft ihm auf den Arm. »Und, Max? Willst du uns was sagen?«

Max nickt. Dann ballt er die Hände in seinen Hosentaschen zu Fäusten und holt so tief Luft, wie es die Klauenhand erlaubt.

»Ich …«, krächzt er. »Ich … äh … möchte mich …«

Max stockt. Er hat das Gefühl, sich selbst beim Reden zuzuhören. Nur war er so leise, dass er kaum was verstanden hat. Und natürlich pochen und brennen seine Wangen mal wieder wie verrückt.

Verdammtes Tomatenleben!

»Ja?«, fragt Vera.

»Ich möchte … Ich möchte mich entschuldigen … Wegen dem Kleid und, äh … der Sauerei … Es tut mir wirklich leid.«

Endlich ist es raus!

Aber Vera sieht kein bisschen versöhnt aus. Im Gegenteil: Sie schaut Max so nachdenklich an, dass ihm ganz komisch zumute wird. Unsicher tritt er von einem Bein aufs andere. Soll er vielleicht noch sagen, wie teuer der Blumenstrauß gewesen ist? Vielleicht versöhnt es Vera, wenn sie weiß, wie viel Geld er als Strafe ausgeben musste?

»Den hab ich selbst ausgesucht«, sagt Max leise und deutet auf den Strauß.

»Vielen Dank, das ist sehr nett von dir. Und die Blumen sind wunderschön.« Endlich nickt Vera Max freundlich zu.

PUH!

Dann nix wie weg!

»Also, tschüs«, sagt Max hastig. Er will sich schon umdrehen, da hebt Vera die Hand.

»Nicht so schnell, Max! Entschuldigung angenommen. Aber du warst ja beinahe unsichtbar. Trau dich mehr! Weißt du was? Ich hab eine tolle Idee: Wir üben das. Jetzt machst du alles noch einmal!«

Wie bitte?

Max glaubt, sich verhört zu haben. Unsichtbar? Tolle Idee? Noch einmal? Hat Vera einen Knall? Oder bloß schlechte Augen?

Er hat sich doch entschuldigt!

»Achte auf deine Stimme.« Vera lächelt Max aufmunternd zu. »Sprich lauter. Und schön ein- und ausatmen. Das ist ein alter Schauspielertrick. Das beruhigt, und du bist nicht mehr so aufgeregt. Du wirst sehen, das funktioniert!«

Eindeutig: Vera hat einen Knall. Wie soll denn so ein bisschen Ein- und Ausatmen die Klauenhand vertreiben?

»Und überleg dir vorher, was du sagen willst, Junge.« Der Professor klingt genauso streng wie Max' früherer Mathelehrer. »Dann musst du nicht so herumstammeln. Benutz mal das Ding zwischen deinen Ohren!«

Soll Max dem Professor sagen, dass er seinen Kopf ja gerne benutzen würde? Dass der nur manchmal vor Aufregung abstürzt wie ein Computer? Aber so alt, wie der Professor ist, hat er von Computern bestimmt keine Ahnung.

»Mit mehr Mumm, Mats!« Horst zwinkert Max fröhlich zu. »Mach es einfach wie beim Elfmeter: anlaufen, zielen, schießen. Drin!« Als hätte er gerade ein Tor geschossen, reckt Horst jubelnd die Faust.

»Dann mal los!« Vera springt auf, und ehe Max sich's versieht, hat sie ihm den Blumenstrauß in die Hände gedrückt, ihn aus der Wohnung geschoben und die Tür vor seiner Nase zugemacht.

»Denk dran«, hört er Veras gedämpfte Stimme. »Zuerst ein- und ausatmen.«

Also atmet Max ein und aus.

Und ein und aus.

Von den Blumenstängeln tropft Wasser auf die Fußmatte und auf seine Turnschuhe.

Irgendwo scheppert Geschirr.

Und die Klauenhand drückt zu wie immer. Da kann Max so viel ein- und ausatmen, wie er will. Vielleicht funktioniert Veras Trick nur bei Schauspielern? Und was Horst mit »anlaufen, zielen und schießen« gemeint hat, hat Max auch nicht so richtig verstanden. Er kann doch nicht in Veras Wohnung stürmen und ihr den Blumenstrauß zuwerfen wie einen Ball!

Max beschließt, auf den Professor zu hören. Was der gesagt hat, klang zwar nicht so freundlich wie das von Vera und Horst, aber dafür vernünftig. Also benutzt Max seinen Kopf und überlegt, was er gleich sagen will: Hallo, Vera. Ich möchte mich wegen meinem Kater entschuldigen. Die Saurei tut mir wirklich leid. Dein Kleid war sehr schön, und ich hoffe, du kriegst es wieder ganz sauber.

Fertig.

Max klopft laut und deutlich.

Die Tür wird aufgerissen.

Aber Max weiß Bescheid und erschreckt sich dieses Mal nicht mehr. Er streckt Vera den Blumenstrauß hin und sagt: »Hallo, Vera.«

»Hallo, Max. Das ist ja eine Überraschung! Ist der für mich? Komm rein!«

Hä?

Genau das Gleiche hat Vera doch vorhin schon gesagt! Und jetzt hat sie genauso überrascht geklungen wie beim ersten Mal. Dabei weiß sie doch, dass Max mit Blumen vor der Tür steht. Schauspieler sind schon seltsame Leute!

Im Wohnzimmer klirrt etwas, und als Max und Vera eintreten, ziehen Horst und der Professor hastig ihre Hände von den Kuchentellern zurück.

»Wir haben Besuch von Max«, sagt Vera und stellt den Blumenstrauß in die Vase.

Dass sie haargenau dieselben Worte sagt wie vorhin, ist schon ein bisschen gruselig. Sie klingt wie die alte Lieblingsschallplatte von Max' Mama, die einen Kratzer hat und immer an der gleichen Stelle hängen bleibt.

»Und, Max? Willst du uns was sagen?« Vera nickt ihm zu und setzt sich zwischen Horst und den Professor.

Max räuspert sich.

Wie war das noch mal?

Auf die Stimme achten … und lauter sprechen.

»Ich möchte mich wegen Motzkopf … äh … wegen meinem Kater ent… da! DA!!!« Wie ein Eimer kaltes Wasser ergießt sich der Schreck über Max und lähmt seinen ganzen Körper. Er kann nur die Augen aufreißen und durch Veras Wohnzimmerfenster starren.

»Also wirklich, Max.« Vera schüttelt den Kopf. »Das ist ja noch wirrer als vorhin!«

Aber Vera sieht nicht, was Max sieht! In der Wohnung gegenüber schleicht eine dunkle Gestalt umher. Eine Gestalt mit einer schwarzen Strumpfmaske über dem Gesicht!

Der Einbrecher schlägt wieder zu!

»Da … da drüben!«, stammelt Max. »Der Einbrecher!«

Die Wilde Sieben dreht sich zum Fenster um.

Es herrscht atemlose Stille.

Dann ist plötzlich der Teufel los.

»Der Einbrecher!«, ruft Horst.

»Meine Pistole!«, ruft der Professor.

»Die Polizei!«, ruft Vera und rennt zum Telefon.

»Quatsch, den Schweinehund kauf ich mir!« Horst rennt zur Wohnungstür.

»Bist du verrückt? Das ist viel zu gefährlich!« Der Professor rennt Horst hinterher.

»Bis die Polizei hier ist, ist der über alle Berge! Ich geh da jetzt rüber!« Horst reißt die Tür auf.

»Nein, gehst du nicht!« Der Professor drückt die Tür wieder zu.

»Doch!«

»Nein!«

»Doch!«

Trotz der Aufregung muss Max an die große Pause denken. Auch wenn sie schon alt und schrumpelig sind, Horst und der Professor streiten wie die Jungs auf dem Schulhof!

»Angriff!« Horst reißt die Tür wieder auf und rast los.

»Lauf hinterher!« Vera wedelt mit den Armen, als wollte sie den Professor aus der Wohnung scheuchen. »Ich ruf die Polizei!«

Der Professor scheint die Idee nicht besonders gut zu finden. Doch er nickt mürrisch und rennt Horst hinterher. Das laute Klatschen seiner schicken Lackschuhe wird schnell leiser.

Und Max?

Der steht immer noch wie gelähmt da, während sich in seinem Kopf die Gedanken überschlagen: Horst ist wirklich mutig! Ganz allein will er den Einbrecher schnappen! Aber was, wenn er Hilfe braucht? Was, wenn zwei Opas nicht stark genug sind, um den Einbrecher festzuhalten?

Keine Frage: Max muss Horst und dem Professor helfen!

»Hallo? Hallo?«, ruft Vera in den Telefonhörer. »Hier ist Burg Geroldseck! Der Einbrecher ist wieder da! Er bricht gerade in Nummer 22 ein!«

»Angriff!«, flüstert Max. Er ballt die Fäuste – und dann saust er los wie der Wind.

Kapitel 8
Am Tatort

Wo steckt der Professor?

So lahm, wie der mit seinen schicken Lackschuhen ist, hätte Max ihn längst einholen müssen! Aber er kann ihn nirgendwo entdecken. Ist der Professor vielleicht schon in der Wohnung? Und wenn ja, warum hört Max dann nichts? Poltern zum Beispiel. Oder Geschrei und splitterndes Glas. Mit einem Einbrecher zu kämpfen macht doch total viel Krach!

Stattdessen liegt der Flur so ruhig und friedlich da, wie es die Oberschwester Cordula am liebsten hat. Nur Max keucht laut und schnappt nach Luft. Noch nie in seinem Leben ist er schneller gerannt! Noch nie in seinem Leben ist er einem *echten* Verbrecher so nah gewesen!

Da durchfährt Max ein schauriger Gedanke: Was, wenn es so still ist, weil der Einbrecher Horst und den Professor niedergeschlagen hat und jetzt hinter der Tür auf Max wartet? Mit einem Knüppel in der Hand?

Verdammt!

Hektisch sieht sich Max nach einem Versteck um. Aber auf dem Flur gibt es nichts. Nur Teppiche und Fenster und kahle Wände.

Und Vorhänge! Zwei dicke rote Samtvorhänge!

Rasch schlüpft Max zwischen ihnen hindurch und zieht sie so fest zu, dass nur noch ein schmaler Spalt offen bleibt. Von diesem Versteck aus kann er in Ruhe die Lage checken. Er späht zur Nummer 22 hinüber.

Die Wohnungstür steht halb offen.

Nichts rührt sich.

Nichts ist zu hören.

So weit die Lage.

Staub kitzelt Max in der Nase, und über seinen Nacken streicht ein kühler Luftzug. Wenn wenigstens die Polizei schon zu hören wäre! Aber im Burghof ist es genauso ruhig und friedlich wie auf dem Flur.

Okay, okay.

Max wischt sich den Schweiß von der Stirn. Das mulmige Gefühl in seinem Bauch ballt sich zu einem fußballgroßen Klumpen zusammen. Doch egal, wie viel Angst er hat: Horst und der Professor brauchen ihn. Und zwar JETZT!

»Erst beißen, dann treten, dann hilft nur noch beten ...«, murmelt Max. Er schlüpft zwischen den Samtvorhängen hindurch und schleicht auf Zehenspitzen über den Flur. Bei Nummer 22 angekommen, drückt er sich gegen die Wand und späht ins Innere der Wohnung.

Noch immer rührt sich nichts.

Max holt tief Luft. Dann schiebt er mit dem Fuß die Tür weiter auf. Gleich wird sich zeigen, ob der Einbrecher dahinter lauert …

Die Tür stößt auf keinen Widerstand.

Vielleicht rafft der Einbrecher gerade seine Beute zusammen. Vielleicht fesselt er in diesem Augenblick Horst und den Professor an die Heizung. Mit Knebel und allem Drum und Dran!

So ein Schweinehund!

Heiß schießt die Wut in Max' Bauch und lässt den fußballgroßen Angstklumpen in sich zusammenschnurren wie einen schlecht verknoteten Luftballon. Dieser fiese Mistkerl soll ja nicht glauben, dass er damit durchkommt! Wehrlose Omas und Opas zu beklauen ist total feige!

»Na warte«, zischt Max und huscht in die Wohnung.

Der Flur von Nummer 22 sieht haargenau so aus wie der von Vera, aber zum Glück stehen hier viel mehr Sachen rum, die im Notfall ein prima Versteck abgeben. Ein Schrank ohne Türen zum Beispiel, in dem Jacken und Mäntel hängen, ein Tisch mit Telefon und einer Tischdecke, die bis zum Boden reicht, und eine riesige Milchkanne. Hinter die duckt Max sich und checkt die neue Lage.

Drei geschlossene Türen am Ende des Flurs.

Und hinter jeder könnte der Einbrecher stecken.

Verdammter Kackmist!

Soll Max raten? Oder … zu jeder Tür schleichen und ein

Ohr ans Holz legen? Hört man so, ob sich im Zimmer jemand bewegt?

Egal was, Max darf jetzt nicht lange fackeln! Er muss handeln! Und zwar sofort!

Als er sich aufrichtet, bemerkt er, was in der riesigen Milchkanne aufbewahrt wird. Regenschirme. Und Spazierstöcke! Rasch zieht Max den dicksten Spazierstock heraus und hält ihn vor sich wie ein gezücktes Schwert. Dann schleicht er los.

Welche Tür soll er als erste nehmen?

Doch bevor er eine auswählen kann, wird die mittlere aufgerissen. Vor lauter Schreck hätte Max beinahe den Spazierstock fallen gelassen und geschrien wie ein kleines Mädchen.

Aber es ist nur Horst.

Wie ein grimmiger Boxer steht er da. Die Fäuste erhoben, als könnte er es kaum erwarten, jemanden zu Brei zu hauen.

»Was machst *du* denn hier?« Horst lässt die Fäuste sinken, und zum ersten Mal bemerkt Max die dicken Muskeln an seinen Oberarmen. Horst sieht kein bisschen wie ein wehrloser Opa aus. Max schluckt. Wenn er der Einbrecher wäre, würde er lieber dem Professor und seiner Piratenpistole gegenüberstehen als Horst und seinen Fäusten.

»Der Ganove ist leider schon weg. Ich habe in der ganzen Wohnung nachgeschaut. Ist er an dir vorbeigekommen?«

»Nein«, krächzt Max und ärgert sich noch im selben Moment. So hört sich doch keine todesmutige Verstärkung an!

»Wo ist er?! Wo ist er?!«

Max und Horst wirbeln herum. Völlig außer Atem steht der Professor in der Wohnungstür – seine Piratenpistole im Anschlag.

Na super. Wenn der Herr Professor jedes Mal so lange braucht, dann müssen Max und Horst in Zukunft alleine mit dem Einbrecher fertigwerden!

»Leider schon vom Platz gestürmt ...« Horst seufzt. Auch der Professor sieht enttäuscht aus und steckt mit einem noch tieferen Seufzen seine Piratenpistole weg. Max kann die beiden gut verstehen. Dass ihnen der Einbrecher so knapp entwischt ist, fühlt sich an, wie wenn man sich endlich getraut hat, vom Dreier zu springen – und dann hat's kein Schwein gesehen!

»Horst, was macht der Junge hier?!«

Oh, oh!

Warum guckt der Professor denn schon wieder so, als ob Max sich vor seinen Augen in eine nervige Fliege verwandelt hätte?

»Mumm hat er, unser Marcel, das muss man ihm lassen. Kommt ganz allein hierher und will uns raushauen. Mutig, mutig!« Als wäre er sein Opa, klopft Horst Max stolz auf die Schulter. Doch der Professor scheint nicht die Spur beeindruckt. Im Gegenteil. Er schüttelt den Kopf und deutet auf Max.

»Junges Gemüse hat an einem Tatort nichts zu suchen! Du wartest draußen. Sobald du die Polizei hörst, gibst du uns Bescheid, verstanden? Wir schauen uns so lange um.«

Wenn das mal nicht total ungerecht ist! Kaum taucht der Professor auf, muss er sich sofort als Oberbestimmer aufspielen. Dabei hat *Max* den Einbrecher als Erster entdeckt! Ohne ihn würde die Wilde Sieben immer noch in aller Seelenruhe auf Veras rotem Sofa sitzen und Kuchen mampfen – und gar nicht mitkriegen, dass der Einbrecher mit derselben Seelenruhe Nummer 22 ausraubt!

Max ballt die Fäuste. Am liebsten würde er dem Professor ordentlich die Meinung geigen. Aber natürlich steckt er bloß seine Fäuste in die Hosentaschen und guckt auf seine Turnschuhe.

»Lass ihn, Kilian.« Horst klopft Max noch einmal auf die Schulter. »Wer so mutig ist, darf auch bis zum Schluss bleiben. Oder, Mario?«

Horst wird das mit Max' Namen wohl nie lernen, trotzdem ist er tausendmal netter als der Professor. Der schnauft laut und verzieht das Gesicht.

»Na, meinetwegen«, brummt er schließlich und wedelt mit seinem Zeigefinger vor Max' Nase herum. »Aber nichts anfassen! Hörst du?«

Max ist ja nicht blöd! Er nickt und guckt rasch wieder auf seine Turnschuhe. Gereizte Erwachsene beruhigen sich viel schneller, wenn man sie so wenig wie möglich anschaut.

»Weißt du denn wenigstens, warum man nichts anfassen darf?«

Also, wenn der Professor mal nicht ein totaler Klugscheißer ist! Wer hat denn bitte schön schon mindestens hundert Detektivgeschichten gelesen?! Hä?! Und sich fast genauso viele Krimis im Fernsehen angeguckt?!

Max!

Heimlich, versteht sich. Denn seine Mama will einfach nicht begreifen, dass Krimigucken die beste Schule für Detektive ist. Aber jetzt kann Max es beweisen. Er holt tief Luft – da schießt ihm Veras Rat durch den Kopf: *Achte auf deine Stimme. Sprich lauter.*

»Klar weiß ich das!« Max schaut dem Professor fest in die Augen. »Wegen den Fingerabdrücken. Wenn der Einbrecher welche hinterlassen hat, weiß man, wer's war! Deswegen dürfen wir nichts anfassen. Weil wir sonst die Fingerabdrücke vom Einbrecher verschmieren. Und dann kann die Spurensicherung nichts mehr mit ihnen anfangen.«

So.

Jetzt muss der Herr Professor zugeben, dass Max sehr wohl was an einem Tatort zu suchen hat!

»Nicht übel, Junge. Nicht übel.« Der Professor nickt bedächtig. »Aber du brauchst nicht so zu schreien.«

Pfhhhh.

Der Wilden Sieben kann man's auch wirklich nicht recht machen! Mal redet man ihnen zu leise, mal zu laut.

»Lasst uns lieber die Zeit nutzen. Die Polizei wird jeden Augenblick hier sein.« Horst dreht sich um und marschiert durch die Tür, die er eben aufgerissen hat.

»Halt! Wir müssen der Reihe nach vorgehen!« Der Professor drängelt sich an Horst vorbei. »Zuerst sehen wir nach, *wie* der Einbrecher sich Zutritt verschafft hat.«

Das weiß Max längst! Mit seinem geübten Detektivblick

hat er schon beim Betreten des Wohnzimmers gecheckt, dass der Einbrecher durch das größte Fenster gekommen sein muss. Denn das steht noch immer sperrangelweit offen.

»Hab ich's nicht gesagt?«, brummt Horst und guckt wie der Professor auf das geöffnete Fenster. »Der Bursche ist fit wie ein Turnschuh. Erst die Wohnung von Frau Butz im dritten Stock. Und hier sind wir sogar im vierten!«

»Er hat in der Kommode rumgesucht.« Max beißt sich auf die Lippen. Aber wenn Horst und der Professor in diesem Schneckentempo weitermachen, ist die Polizei da, bevor sie die *richtig* spannenden Tatortspuren untersucht haben. Und dann fehlen ihnen wichtige Informationen, um selbst kombinieren zu können!

»Du hast recht.« Der Professor tritt näher an die Kommode heran. »In der Eile hat der Einbrecher die Schubladen nicht ordentlich zugeschoben, hier ist überall ein schmaler Spalt offen. Sehr gut beobachtet, Junge.«

Max wird am ganzen Körper heiß. Noch nie hat ihn ein Professor gelobt. Und dann auch noch so ein strenger wie Kilian!

»Ich will später Detektiv werden.« Max schluckt. Der Satz ist einfach so aus ihm herausgeplatzt, bevor er ihn überhaupt zu Ende gedacht hat.

»Dann komm.« Der Professor winkt Max zu sich heran. »Wir brauchen was, womit wir die Schubladen öffnen können, ohne die Griffe zu berühren.«

»Lasst mich mal«, sagt Horst und zückt ein Taschenmesser. Er schiebt die Klinge in den schmalen Spalt und drückt die erste Schublade weiter auf. Sie ist voller Servietten.

Die nächste ist voller Kerzen und Streichholzschachteln.

In der übernächsten liegt ein blaues Schmuckkästchen.

Als Horst mit der Taschenmesserklinge den Deckel anhebt, beugen sich Max und der Professor wie auf Kommando noch weiter über die Schublade.

Das Schmuckkästchen ist leer.

Nur eine Spielkarte liegt auf dem blauen Samt.

»Schon wieder ein schwarzes Ass!«

»Erst Kreuz, jetzt Pik!«

Max kann den Atem von Horst und dem Professor an seinen Ohren spüren, so dicht haben sie alle drei ihre Köpfe über die Schublade gesenkt.

»Junge, Junge, dieser Schweinehund hat wirklich Nerven!« Der Professor kratzt sich am Kinn. »Das Fenster, der gestohlene Schmuck, die Spielkarte: exakt dasselbe Muster wie beim ersten Mal. Dieser Einbrecher scheint streng nach Plan vorzugehen. Ich glaube, wir haben es hier mit einem richtig ausgebufften Profi zu tun!«

Kapitel 9
Senile Bettflucht

Einbrecher gehen nicht spazieren!

Und falls doch, dann bestimmt nicht so nah am Tatort. Da ist sich Max ganz sicher. Und trotzdem. Jedes Mal, wenn der warme Sommerwind die Blätter der Büsche rascheln lässt, wenn ein Ast knackt oder eines der Gartentürchen leise quietscht – jedes Mal zuckt Max zusammen und schaut sich schnell im Burggarten um.

Niemand da.

Max geht weiter. *Kriksch, kriksch*, knirschen die Kieselsteine unter seinen Schuhsohlen. So früh am Morgen klingt das viel lauter als sonst. Und auch der Burggarten sieht ganz anders aus: Als ob jemand im silbrigen Morgenlicht die Farben vertauscht hätte. Die Baumstämme sind nicht braun, sondern schwarz, die Büsche und Wiesen nicht grün, sondern dunkelblau, der Kieselsteinweg nicht weiß, sondern grau. Schaurig-schön sieht das aus.

Ein bisschen mehr schaurig als schön.

Max geht schneller. Wäre er mal lieber im Bett geblieben! Aber wie soll man denn mit all der kribbeligen Aufregung in sich drin vernünftig schlafen?! Da hilft nur so was Langweiliges wie draußen herumlaufen. Denn Max weiß genau: Wenn er in der Wohnung geblieben wäre, hätte er irgendeinen Blödsinn angestellt, und dann wäre seine Mama davon aufgewacht und hätte mitgekriegt, dass er schon wach ist.

Um sechs Uhr morgens.

In den Ferien.

Wenn das mal nicht verdächtig ist!

Vor allem bei einem so großen Morgenmuffel wie Max. Seine Mama hätte sofort gewusst, dass er wegen der ganzen Einbrecher-Aufregung nicht schlafen kann – und wenn Max nicht schlafen kann, dann macht sich seine Mama Sorgen. Und das bedeutet: Sie behält ihn messerscharf im Auge.

Max seufzt und kickt ein paar Kieselsteine vor sich her. Nicht auszudenken, was passiert wäre, wenn er seiner Mama gestern Abend *alles* von Kommissar Moser erzählt hätte! Wahrscheinlich würde Max jetzt gefesselt wie ein Rollmops in seinem Bett liegen!

Dass Mütter auch von allem, was aufregend ist, Sorgen kriegen müssen!

Dabei ist Max fast zehn.

UND ein Detektiv.

Aber ein bisschen schade ist es schon, dass er seiner Mama nicht *alles* von Kommissar Moser erzählen kann. Der hat Max nämlich nicht bloß gelobt, weil er als Erster den Einbrecher gesehen hat, er hat Max sogar als Zeugen befragt – und das, bevor er Horst und den Professor befragt hat! Und der

Kommissar hat auch nur Max eine Visitenkarte gegeben und gesagt: »Falls dir noch was einfällt, dann ruf mich an, junger Mann.«

Oh, wie böse der Professor da geguckt hat! Denn zu dem hat der Kommissar nur eines gesagt: dass die alten Herrschaften sich gefälligst aus den polizeilichen Ermittlungen raushalten sollen!

Nun ja. Der Professor hätte den Kommissar eben nicht gleich einen Holzkopf nennen dürfen. Das ist wirklich nicht besonders höflich, und als Professor müsste er das eigentlich wissen. Max kann gut verstehen, warum der Kommissar lieber mit ihm reden wollte. Oder hat er vielleicht sofort Max' Detektivblick bemerkt?

Iiiiiiüüüüühhhh, quietscht eines der Gartentürchen.

Max zuckt zusammen und schaut sich schnell um.

Niemand da.

Rasch geht er weiter. Zugegeben: Hier, am Ende des Burggartens, wo die vielen dunklen Büsche stehen, findet Max es noch unheimlicher.

Da.

Da hat doch was geknackt!

Und jetzt pocht es ganz komisch!

Wie …

Wie Finger, die auf Holz herumtrommeln.

Max bricht der Schweiß aus. Vielleicht ist das der Einbrecher! Vielleicht hockt er in einem der Büsche und trommelt vor lauter Ungeduld und Langeweile auf einem Stück Holz herum, weil er warten muss, bis er die nächste Wohnung ausrauben kann!

»Frühstück erst ab sieben … Ich wüsste zu gern, welcher Holzkopf das beschlossen hat!«

Max bleibt wie angewurzelt stehen. Das war der Professor.

»Ich habe extra eine Packung Zwieback eingesteckt. Nur für dich!«

Und das Vera.

»Die ohne Schokoladenglasur hoffentlich. Unser Schlaumeier isst sowieso schon viel zu viel Süßes.«

»Tu ich nicht!«

»Tust du doch!«

»Nein!

»Doch!«

Horst und der Professor. Eindeutig. Und jetzt kann Max die drei auch sehen: Hinter dem nächsten Blumenbusch sitzt die Wilde Sieben auf einer Parkbank.

Um sechs Uhr morgens.

Wenn das mal nicht verdächtig ist!

Leise verlässt Max den knirschenden Kieselsteinweg und schleicht sich über die Wiese näher an die Parkbank heran. Er hört Folie knistern. Dann das laute Krachen von Zwieback, der gekaut wird.

»Furztrocken, so ohne Schokolade!« Der Professor scheint auch ein Morgenmuffel zu sein. Obwohl … so schlecht gelaunt, wie der oft ist, müsste man bei ihm wohl eher Ganztagsmuffel sagen. Max unterdrückt ein Kichern.

»Wisst ihr, was mich aufregt? Dass der Einbrecher nicht die kleinste Spur hinterlassen hat! Das ist doch seltsam! Ich sage euch –« Da hat sich der Professor wohl ein bisschen zu sehr aufgeregt. Mit trockenem Zwieback im Mund kann das gefährlich werden, das weiß Max nur zu gut. Und so, wie der Professor jetzt japst und hustet, braucht er dringend einen Schluck Wasser. Oder einen kräftigen Schlag auf den Rücken.

»Kilian!« Vera klingt ganz erschrocken.

Kaum hat Max seinen Beinen den Befehl gegeben, ist er auch schon um den Blumenbusch herumgeflitzt. Dort hockt der Professor vornübergebeugt auf der Bank und ringt nach Luft. Max holt aus – und haut ihm, so fest er kann, zwischen die Schulterblätter.

»Hrrchhh … Hrrrchhh …«, ächzt der Professor und spuckt ein Stück Zwieback aus.

Na bitte.

Zur Sicherheit haut Max ihm noch einmal volle Kanne auf den Rücken.

»Willst du mich umbringen?!« Die Stimme vom Professor klingt, als hätte er aus Versehen mit Nägeln gegurgelt. »Das letzte Mal hat mein Großvater mich so gehauen, und das ist siebzig Jahre her!«

Obwohl der Professor schon wieder rummotzt, ist Max erleichtert. Denn wer genug Luft zum Rummotzen hat, der erstickt nicht!

»Mensch, Martin, du bist ja auf Zack. Alle Achtung!« Zum zweiten Mal in so kurzer Zeit klopft Horst Max stolz auf die Schulter. Dann bleibt seine Hand einen Moment liegen.

Max steht still.

Wie unterschiedlich man sich mit einer schweren, warmen Hand auf der Schulter fühlen kann! Einmal muss man aufpassen, dass sie den fiesen Riesenkloß im Hals nicht in Tränen verwandelt, und ein anderes Mal macht sie, dass man sich innen drin ganz sonnig und fröhlich fühlt. So wie jetzt.

»Danke, Junge.« Der Professor richtet sich auf und lehnt sich schnaufend zurück. Sein Gesicht ist vom vielen Husten knallrot angelaufen. »Was machst du eigentlich so früh hier draußen? Hast du senile Bettflucht?«

Hä?

Was meint der Professor denn damit? Ist diese Bettsache was, worauf man stolz sein kann? Oder eher was Doofes? Unsicher schaut Max zu Horst und Vera. Die schmunzeln vergnügt.

»Alte Menschen brauchen nicht mehr so viel Schlaf«, erklärt Vera, »und weil sie nicht gern im Bett liegen bleiben, nennt man das Bettflucht. *Senil* ist nur ein anderes Wort für ›alt‹. Also heißt es eigentlich Altersbettflucht.«

Aha.

Jetzt versteht Max diese Bettgeschichte. Aber warum Erwachsene immer so kompliziert daherreden müssen, versteht er nicht. Wozu braucht man noch ein anderes Wort für »alt«, wenn man schon eins hat?

»Und, was machst du hier?« Der Professor hat seine Frage nicht vergessen.

»Ich konnte wegen dem Einbrecher nicht schlafen.« Kaum hat er das gesagt, würde Max sich am liebsten selbst eine reinhauen. Oh Mann! Jetzt denkt die Wilde Sieben bestimmt, dass er nicht schlafen konnte, weil er *Angst* vor dem Einbrecher hatte.

»Da geht's dir wie uns.« Horst lächelt. »Wir waren heute noch viel früher wach als sonst.«

»Ich konnte nicht schlafen«, sagt Max hastig, »weil ich so viel nachdenken musste. Ob der Einbrecher jedes Mal durch ein Fenster einsteigt und dann durch die Wohnungstür wieder abhaut, zum Beispiel.«

»Ja, das ist ein guter Punkt.« Der Professor nickt. Langsam kriegt sein Gesicht seine normale Farbe zurück. »Darüber wollte ich auch reden, bevor mich dieser Zwieback fast erstickt hätte.«

»Du brauchst mich gar nicht so böse anzugucken«, sagt

Vera beleidigt. Dann klopft sie neben sich auf die Parkbank. »Komm, Max, setz dich. Magst du einen Zwieback?«

Und schon drückt sie Max einen in die Hand. Dabei mag er gar keinen Zwieback! Aber weil Vera so erwartungsvoll guckt, knabbert er vorsichtig ein kleines Stückchen ab. Vera nickt zufrieden.

»Noch eine halbe Stunde bis zum Frühstück! Und das, wo ich mit leerem Magen nicht denken kann ...« Der Professor seufzt, und seine Finger trommeln wieder auf die Holzlehne der Parkbank.

»Schaut mal, wie schön!« Vera deutet auf die mächtige Ringmauer. Dort scheinen die ersten Sonnenstrahlen durch die Zinnen und tauchen den Burggarten in ein goldenes Licht. Die dunklen Büsche leuchten, als ob jemand kleine Lampions in ihnen versteckt hätte.

Einen Moment schweigen alle.

Dann hören die Finger vom Professor zu trommeln auf.

»Sag mal, Junge ... Eine Frage habe ich an dich.«

Max setzt sich kerzengerade hin. Hoffentlich kann er den Professor wieder mit seinem Detektiv-Wissen beeindrucken!

»Wo ist eigentlich dein Vater?«

Mit einem Schlag ist Max' Mund so trocken wie Veras Zwieback, und eine fiese Eiseskälte kriecht ihm von den Zehen die Beine herauf.

Alles, nur das nicht.

»Du wohnst doch mit deiner Mutter allein hier, richtig?«

Warum muss der Professor ausgerechnet *diese* Frage stellen? Was soll Max denn jetzt antworten? Wenn er der Wilden Sieben die Wahrheit sagt, dann will sie bestimmt nichts mehr mit ihm zu tun haben. So wie die Kinder aus seiner alten Klasse. Und die aus seiner neuen, wenn sie das mit seinem Papa erst herausgefunden haben.

»Lass mal, Kilian«, sagt Vera, und Max spürt ihre Hand auf seinem Arm.

»Wieso? Fragen ist doch nicht verboten, oder?«

»Der ist weg.« Schnell schaut Max auf seine Hosenbeine. Die sind voller Krümel. Dabei hat er gar nicht gemerkt, wie seine Finger den Zwieback zerbröselt haben.

»Wo ist er denn?«

»Also wirklich, Kilian! Das reicht.« Veras Hand drückt Max' Arm. »Du musst uns nichts erzählen. Das geht uns überhaupt nichts an.«

Aber die Wilde Sieben wird das mit seinem Papa ja so oder so erfahren. Und deswegen will Max es jetzt bloß noch hinter sich bringen. Wie beim Zahnarzt: die Augen zukneifen, den Mund aufmachen – und durch.

»Der ist abgehauen. Vor drei Jahren. Ohne meiner Mama und mir was zu sagen. Deshalb will ich Detektiv werden. Damit ich ihn finden kann.«

Jetzt ist es raus.

Jetzt weiß die Wilde Sieben, dass Max ein Opfer ist. Ein Superopfer, mit dem es nicht mal der eigene Papa aushält. Das haben die aus Max' alter Klasse gesagt. Max weiß, dass das Quatsch ist. Doch wenn es ihm schlecht geht, wenn er seinen

Papa so sehr vermisst, dass vor lauter Sehnsucht kaum noch ein Atemzug Luft in seine Brust passt, ja, dann glaubt er das auch. Dann glaubt er, dass es sein Papa mit dem Superopfer-Sohn nicht mehr ausgehalten hat. Denn warum sonst hätte er einfach so abhauen sollen? Wo doch mit seinem Leben alles schön und richtig war!

»Ach, du meine Güte.« Vera sagt es ganz leise, und ihre Hand streichelt Max' Arm. Rauf und runter streichelt die Hand, und Max guckt auf die Zwiebackkrümel auf seiner Hose, und jetzt sagt der Professor was. Aber alles, was Max hört, ist die Stimme von seiner Mama, und er schüttelt den Kopf, weil er nicht hören will, wie die Stimme den Abschiedsbrief von seinem Papa vorliest. Doch die Stimme lässt sich nicht aus dem Kopf schütteln. *Lieber Max, liebe Marion*, liest sie vor, *bitte sucht mich nicht, bitte macht euch keine Sorgen, bitte seid so glücklich, wie ihr nur könnt, ich küsse euch, Julius.* Bei den letzten Worten zittert die Stimme so sehr, als ob seine Mama Schüttelfrost hätte, und dieses Zittern ist für Max das Allerschlimmste. Das wird er nie in seinem Leben vergessen. Selbst wenn er älter wird als die Wilde Sieben zusammen.

Nie, niemals!

Da beugt sich der Professor zu Max herüber, und auf einmal sind seine Augen ganz nah, und es sind liebe, gute Augen, und jetzt hört Max, was er sagt: »Das ist nicht deine Schuld, Junge! Dass dein Vater abgehauen ist, ist nicht deine Schuld! Ich bin auch ohne Vater aufgewachsen, und das ist nichts, wofür man sich schämen muss! Hörst du, Junge?«

Max nickt.

»Gut«, sagt der Professor. Dann räuspert er sich. »Weißt du was? Wenn du Detektiv werden willst, könntest du uns helfen. Wir wollen heute Nachmittag heimlich ermitteln. Vielleicht finden wir eine neue Spur. Was meinst du?«

»Das wäre ... cool!« Die plötzliche Freude macht Max' Hals noch enger, und seine Stimme klingt so hoch und dünn, als müsste er gleich losheulen. Aber das macht nichts. Denn jetzt sitzt er neben jemandem, der genau weiß, wie sich ein Leben ohne Papa anfühlt.

Kapitel 10
Ein Beet sagt mehr
als tausend Worte

»Warum lässt der Einbrecher jedes Mal ein schwarzes Ass zurück?« Vom Nachdenken erscheinen auf Veras Stirn fast so viele Falten wie um ihre Augen, wenn sie lächelt. »Was meint ihr?«

Sie bleibt stehen, stemmt die Hände in die Hüften und guckt erst Horst, dann den Professor und dann Max an. Wie eine Lehrerin, die eine Aufgabe verteilt.

»Wir müssen nicht nur Spuren suchen, wir müssen auch herausfinden, wie der Einbrecher tickt. Und die Spielkarten sind der Schlüssel dazu!« Ohne eine Antwort abzuwarten, marschiert Vera weiter über den Burghof. Max ahnt schon, wo sie hinwill: zur Rückseite vom Westflügel. Denn dort muss der Einbrecher gestern zum vierten Stock hinaufgeklettert sein. Zum Wohnzimmerfenster von Nummer 22.

»Los, Jungs, wo bleibt ihr denn?« Vera stapft schnurstracks vorneweg.

Und Max kann sich nur wundern, wie anders der Professor auf einmal ist! Obwohl sie heimlich ermitteln, spielt er sich kein bisschen als Oberbestimmer auf. Er weiß nicht alles besser. Er drängelt sich nicht vor. Wie Max und Horst latscht er brav hinter Vera her.

Aha. Ist *sie* also in Wahrheit der Anführer der Wilden Sieben?!

Dass Frauen immer und überall die Oberbestimmer sein müssen, kennt Max von seiner Mama. Und von den Mädchen aus seiner alten Klasse. Aber dass sie sogar über Opas wie Horst und den Professor bestimmen, hätte er nicht gedacht.

Das sind ja schöne Aussichten!

Heimlich linst Max zu Horst und dem Professor hinüber.

Komisch, wie macht Vera das bloß? Sie hat keine Fäuste wie ein grimmiger Boxer. Und sie hat auch keine Piratenpistole. Sie muss etwas haben, was *noch* überzeugender ist – sonst wäre sie nicht der Anführer der Wilden Sieben.

Was das wohl ist?

Max wird es auf jeden Fall rauskriegen!

»Na, Max?« Vera schaut ihn an. »Du denkst doch scharf nach.«

Mist. Max hat ganz vergessen, wie gut Vera im Geheime-Gedanken-Hören ist. Aber er kann ihr ja schlecht verraten, dass er gerade über ihre Anführerspezialität nachgedacht hat. Deswegen sagt er hastig: »Die schwarzen Asse …« Und damit Vera sieht, dass Max wirklich scharf nachdenkt, runzelt er angestrengt die Stirn. »Vielleicht lässt der Einbrecher die da, weil er will, dass alle ihn für total cool halten.«

»Und was soll das bitte heißen: cool?« Jetzt klingt der Professor so streng wie immer, dabei war er vorhin auf der Parkbank noch so nett. Max zieht den Kopf ein. Was kann er denn dafür, wenn der Professor so was Einfaches nicht weiß?

»Cool heißt eben … cool.«

»Ich geb dir gleich cool!« Der Professor schüttelt den Kopf.

»Max hat recht«, sagt Vera. Und Max ist froh, dass sie mit dem Professor so streng spricht wie der eben mit ihm.

»Der Einbrecher will allen zeigen, wie cool er ist«, fährt Vera fort. »Die schwarzen Asse sind sein Erkennungszeichen. Er fühlt sich unbesiegbar und denkt, dass niemand ihn schnappen kann. Und er mag den Nervenkitzel. Er ist also jemand, der gerne ein Risiko eingeht. Was die Einbrüche am helllichten Tag beweisen.«

Hammer, wie Vera das alles kombiniert! Und bloß, indem sie über die schwarzen Asse nachgedacht hat!

»Nicht schlecht, die Vera, was?« Dieses Mal scheint Horst Max' Gedanken gehört zu haben.

»Ach, das ist doch nicht schwer.« Vera breitet die Arme aus und zuckt genauso lässig mit den Schultern wie die älteren Jungs, wenn sie nach einem Kopfsprung vom Dreier so tun, als wär das nichts Besonderes. »Ich überlege mir einfach, was ich als Einbrecher so machen würde. Das lernt man als Schauspielerin. Denn wenn man eine Figur spielen will, ist es wichtig, dass man weiß, wie die sich fühlt.«

Das leuchtet Max ein. Als er in der ersten Klasse bei einem Theaterstück einen Maiskolben spielen musste, ist er auch extra zu einem Hof rausgeradelt, weil er sich das in echt ansehen wollte. Leider hatte der Bauer schon alles abgemäht.

»Genug gefühlt, kommen wir zu den Fakten!« Vor Begeisterung schnalzt der Professor mit der Zunge und scheint gar nicht zu bemerken, dass Vera stehen bleibt und ihm einen bösen Blick zuwirft.

Ist vielleicht doch er der Anführer der Wilden Sieben? Oder sind es beide, er und Vera? Aber dann bleibt ja nur Horst als normales Bandenmitglied übrig, und es gibt mehr Bestimmer als Nichtbestimmer.

Was für 'ne komische Bande!

Max kratzt sich am Kopf.

»Da wären wir«, sagt Vera. Dabei stehen sie alle schon seit mindestens einer Minute vor dem Westflügel.

Max starrt zum Wohnzimmerfenster von Nummer 22 hinauf. Ganz schön hoch, der vierte Stock …

»Mein lieber Herr Gesangsverein!« Jetzt schnalzt Horst vor Begeisterung mit der Zunge. »Der Ganove muss ein absoluter Spitzensportler sein! Alle Achtung!«

»Halt! Wir müssen der Reihe nach vorgehen!« Der Professor deutet auf die Hauswand. »Was sehen wir?«

Dicke graue Mauersteine, denkt Max, und jede Menge Fenster. Aber er traut sich nicht, das laut zu sagen. Der Professor kann doch nicht so was Einfaches gemeint haben!

»Wir sehen den Westflügel, Kilian. Hältst du uns für blöd?« Vera klingt immer noch ziemlich wütend.

»Und was *wissen* wir?« Der Professor lässt sich von ihrer Wut nicht aus der Ruhe bringen.

Bevor Vera wieder motzen kann, antwortet Max schnell: »Der Einbrecher ist bei beiden Einbrüchen durchs Wohnzimmerfenster gekommen und –«

»Falsch!«, schneidet der Professor Max das Wort ab. »Wir wissen nur, dass das Wohnzimmerfenster beide Male offen stand. Daher *glauben* wir, dass der Einbrecher auf diesem Weg in die beiden Wohnungen gekommen ist. *Wissen* tun wir das nicht. Das ist ein großer Unterschied. Sei nicht so voreilig, Junge! Wir müssen das erst überprüfen.«

Aha. Bei dem Tonfall ist jetzt aber ganz klar, dass der Professor der Anführer ist. Selbst Vera hält still.

»Also, Junge, wie könnte der Einbrecher da hochgekommen sein?«

Max legt den Kopf in den Nacken und checkt mit seinem Detektivblick die Hauswand ab. Sie ist viel zu glatt, als dass ein Kletterer sich irgendwo festhalten und hochziehen könnte. Es sei denn, er könnte Wände hochlaufen wie eine Spinne.

War es etwa Spiderman?

Max zuckt zusammen.

So ein Quatsch! Der ist ja nicht echt. Und außerdem beklaut Spiderman keine Omas!

Max ist ratlos. Doch gerade als er sich zum Professor umdrehen will, springt ihm etwas ins Auge.

Moment mal. Das Regenrohr!

Direkt neben dem Fenster kommt es aus einem steinernen Löwenmaul. Dann führt es an der Wand hinunter ... und endet über einem schmalen Beet.

»Hier!« Aufgeregt zeigt Max auf das Regenrohr. »Der Einbrecher kann nur daran hochgeklettert sein. Von hier unten.«

»Korrekt.« Der Professor nickt. »Übers Dach konnte er nicht kommen, so weit reicht das Rohr nicht. Und was noch?«

Der Professor ist ja schlimmer als jeder Lehrer! Die gönnen einem wenigstens eine kleine Denkpause, bevor sie die nächste Frage stellen. Max runzelt wieder die Stirn und macht »Hm. Hm. Hm«.

»Junge, du hast es eben selbst gesagt: *Von hier unten*. Schau genau hin, und benutz das Ding zwischen deinen Ohren!«

»Also, ich seh nichts.« Horst kratzt sich am Kinn.

»Kein Wunder, hier ist ja auch weit und breit kein dämlicher Ball in Sicht«, schimpft der Professor.

»Nimm das sofort zurück, du Schlaumeier!«

Nicht hinhören. Nicht von der Motzerei ablenken lassen. Max muss sich jetzt konzentrieren!

Was hat der Professor noch mal gesagt?

Von hier unten ...

Max guckt das Regenrohr an. Dann das schmale Beet. Er guckt und guckt. Er glaubt schon fast zu schielen, so angestrengt checkt er das Beet ab. Dann sieht er es.

Da ist – nichts!

»Keine Spuren!«, ruft Max und zeigt auf das Beet. »Es gibt keine Spuren!«

»Was denn für Spuren?«, fragt Vera.

Dass sie das nicht kapiert!

»Im Beet! Wenn der Einbrecher am Regenrohr hochklettern will, muss er vorher durchs Beet laufen. Aber es gibt keine Fußabdrücke!« Die Aufregung kribbelt so heftig in Max, als ob er eine ganze Flasche Brause getrunken hätte.

»Richtig, Junge.« Der Professor nickt. »Es gibt keine Fußabdrücke. Und es ist schon zwei Tage her, dass der Gärtner alle Beete auf Burg Geroldseck mit dem Rechen glatt gezogen hat. Seit dem Einbruch ist das Beet also unberührt.«

Da schießt Max ein Aber durch den Kopf.

»Vielleicht hat der Einbrecher ja seine Spuren verwischt.«

»Guter Einwand, Junge!« Der Professor schnalzt wieder mit der Zunge. »Aber: Die Rillen vom Rechen sind nirgendwo unterbrochen. Wenn der Einbrecher seine Spuren verwischt hätte, würde man das sehen.«

Der Professor hat recht!

»Und was schließen wir daraus?«, fragt er.

Max' Gedanken wirbeln so heftig durcheinander wie das schaumig weiße Wasser in der Schlucht vom Burgberg.

»Du wirst es uns bestimmt gleich sagen, Kilian«, grummelt Vera.

Doch der Professor guckt Max an, und dabei nickt er ihm zu, als ob er sich ganz sicher ist, dass Max die richtige Lösung finden wird. Und das fühlt sich genauso gut an wie eine schwere, warme Hand auf der Schulter. Max' Gedanken hören auf zu wirbeln und fließen ruhig wie ein kleiner Bach, und jetzt kann Max messerscharf kombinieren.

Erstens: Der Einbrecher hat keine Spuren im Beet hinterlassen.

Zweitens: Der Einbrecher hat das Wohnzimmerfenster aufgemacht.

Das sind die Fakten.

Da sagt Vera in Max' Kopf: *Ich überlege mir einfach, was ich als Einbrecher so machen würde.*

Also weiter.

Drittens: Wenn Max der Einbrecher wäre, würde er das Wohnzimmerfenster aufmachen, weil …

Weil …

Das ist es!

»Eine Ablenkung!«, platzt es aus Max heraus. »Das offene Fenster war bloß eine Ablenkung! Der Einbrecher ist gar nicht hier hochgeklettert!«

Einen Moment ist es still.

Dann stößt Vera einen Pfiff aus und klatscht in die Hände.

»Donnerwetter, Mike!« Horst knufft Max in die Seite. »Aus dir wird mal ein richtiger Detektiv. Aber hallo!«

»Gar nicht übel, Junge. Gar nicht übel!« Zum ersten Mal lächelt der Professor Max an. Und endlich versteht Max, warum die Leute immer sagen, dass man vor Stolz platzen kann. Genau so fühlt er sich jetzt!

»Danke, Herr Professor.«

»Ach, vergiss den Professor. Ich bin Kilian.« Fröhlich streckt der Professor Max seine große Hand hin. »Wir Detektive müssen schließlich zusammenhalten!«

Kapitel 11
Verdammtes Tomatenleben

Sind *wirklich* alle Fenster zu?

Wie ein Stoppschild zwingt der Gedanke Max zu einer Vollbremsung.

Was, wenn doch noch eins gekippt ist?

Und Motzkopf wieder ausbüchst und eine neue Katastrophe anrichtet?

Max beschließt, zur Sicherheit lieber einen zweiten Kontrollgang einzulegen. Er macht kehrt und flitzt von Zimmer zu Zimmer, und dieses Mal checkt er sogar die beiden Klofenster, obwohl die so winzig sind, dass Motzkopf höchstens scheibchenweise hindurchpassen würde. Aber Max wird nicht zulassen, dass die Oberschwester Cordula seine Mama und ihn aus Burg Geroldseck rausschmeißt! Schon gar nicht jetzt, wo er mit der Wilden Sieben die spannendsten Sommerferien aller Zeiten erlebt!

Dabei hat Max noch vor Kurzem gedacht, dass Burg Geroldseck ohne die alten Knacker ein viel cooleres Zuhause wäre.

Totaler Blödsinn!

Die letzten drei Tage waren die aufregendsten, die er je erlebt hat. Und das Beste: Max hat *endlich* eine Bande gefunden, die ihn mitmachen lässt! Denn auch wenn die Wilde Sieben wahrscheinlich die älteste und schrumpeligste Bande der Welt ist: Es ist eine Bande!

Und vielleicht schnappen sie zusammen ja tatsächlich den Einbrecher!

Dafür muss Max aber dringend aus der Wohnung. Vorsichtshalber wirft er einen letzten Motzkopf-Kontrollblick hinter sich. Dann öffnet er die Tür gerade so weit, dass er sich durch den Spalt hindurchquetschen kann, und – *zack!* – schon rast er die Wendeltreppe hinunter und galoppiert mit Vollgas über den Burghof. Um Punkt zehn treffen sich die heimlichen Ermittler bei Kilian, und Max will auf keinen Fall zu spät kommen. Nicht, dass Kilian sich deswegen ärgert und wieder zum Herrn Professor wird!

Pfeilschnell schießt Max um die Ecke vom alten Backhaus – da sieht er rot.

Eine rote Bluse.

Und ausgerechnet jetzt, wo Max dringend die nächste Vollbremsung gebrauchen könnte, rennen seine Beine vor lauter Schreck einfach weiter. Geradewegs in die Oberschwester Cordula hinein.

»Hilfe! Willst du mich umbringen, du Rotzlöffel?!«

Max taumelt zurück.

Jetzt kann ihn nur noch ganz viel Höflichkeit retten!

»Verzeihung!«, ruft er laut und macht rasch eine kleine Verbeugung. »Ich bitte vielmals um Entschuldigung!«

Leider perlt die ganze Höflichkeit an der Oberschwester Cordula ab wie Regen an einer Fensterscheibe.

»WAS HABE ICH DIR SCHON HUNDERT MAL GE-SAGT? SCHON HUNDERT MAL?!« Die Oberschwester Cordula stopft sich ihre rote Bluse ordentlich in den Rock zurück. »REGEL NUMMER 5: NICHT SCHREIEN IN DER BURG! NICHT SCHREIEN!«

Hä?!

Wer schreit denn hier so laut, dass es selbst die schwerhörigsten Omas und Opas am anderen Ende der Burg noch hören können?

Aber natürlich widerspricht Max nicht. Er nickt nur. Und dabei setzt er sein müdes Heute-gehe-ich-ausnahmsweise-mal-freiwillig-ins-Bett-Gesicht auf, denn damit sieht er so ruhig und friedlich aus, wie es die Oberschwester Cordula am liebsten hat.

»Nicht schreien! Und nicht rennen! Verstanden?!«

Na bitte. Die Oberschwester Cordula schreit nicht mehr. Max hat die Situation voll im Griff!

»Ein Kind im Seniorenheim …« Die Oberschwester Cordula schüttelt den Kopf. Dann werden ihre Augen plötzlich ganz schmal. »Was treibst du dich neuerdings eigentlich dauernd mit der Wilden Sieben herum? Wenn ihr vier nicht was ausheckt, heiße ich Rumpelstilzchen!«

Die Augen von der Oberschwester Cordula sind mittlerweile so schmal wie die Geldschlitze vom Kaugummi-Automaten.

»Ihr werdet doch nicht etwa heimlich wegen der Einbrüche ermitteln?«

Oh, oh!

Jetzt braucht Max ultra-dringend eine Ausrede, sonst sind die heimlichen Ermittler aufgeflogen, bevor sie überhaupt richtig mit dem heimlichen Ermitteln losgelegt haben!

»Ja, also ... Die Wilde Sieben ... und ich ... Wir ... äh ... wir ...«

Verdammte Axt!

Wenn Max weiter so herumstammelt, weiß die Oberschwester Cordula doch sofort, dass er sie anschwindelt!

»Na, wird's bald? Was heckt ihr vier aus?«

Da schießt Max die Rettung durch den Kopf.

Schule!

Schule ist immer unverdächtig!

Er holt tief Luft. Dann schaut er direkt in die Geldschlitz-Augen, und dabei versucht er sich vorzustellen, dass bloß eine kleine, freundliche Oma vor ihm steht: »Die Wilde Sieben hilft mir. Weil ich für die Schule ein Ferienprojekt machen muss. Über alte Leute ... äh, Senioren. Wie die so leben und so.«

Max hätte nicht gedacht, dass die Geldschlitz-Augen noch schmaler werden können. Bestimmt kann ihn die Oberschwester Cordula überhaupt nicht mehr sehen!

»So, so.«

Mehr sagt die Oberschwester Cordula nicht. Trotzdem läuft Max ein kalter Schauer über den Rücken. Wenn strenge

Leute wie die Oberschwester Cordula auf einmal ganz ruhig und friedlich sprechen, ist das meistens kein gutes Zeichen ...

»So, so«, sagt sie nur. »So, so.«

»Und was mit Senioren machen, ist ja auch ein schöner Beruf«, redet Max hastig weiter. »Wie der von meiner Mama. Und der von Ihnen! Wir sollen uns das anschauen, weil wir dann vielleicht auch Lust kriegen, so was zu werden.«

»So, so.« Die Oberschwester Cordula legt den Kopf schief – wie Motzkopf, wenn er mit seiner Beute spielt.

Max schluckt. Jetzt kann er nichts mehr tun. Jetzt kann er bloß noch abwarten, ob die Oberschwester Cordula seine Ausrede glaubt. Oder nicht.

»Da hast du recht. Das ist wirklich ein schöner Beruf!« Langsam verwandeln sich die Geldschlitze in normale Augen zurück. »Aber die Wilde Sieben ist absolut ungeeignet für dein Projekt! Du brauchst normale Senioren! Diese drei sind viel zu aufmüpfig!«

Obwohl Max anderer Meinung ist, nickt er artig. Er hätte jetzt sogar genickt, wenn die Oberschwester Cordula behauptet hätte, sie wäre der Kaiser von China. Hauptsache, sie glaubt die Ausrede!

»Wenn du Fragen hast, kannst du mich gerne im Büro besuchen. Ich habe dort ein paar hübsche Abhandlungen über Hygiene und gesunde Ernährung. Und wie wichtig ein geregelter Tagesablauf für Senioren ist. Feste Zeiten! Das solltest du unbedingt in deinem Projekt erwähnen!« Die Oberschwester Cordula klatscht begeistert in die Hände. »Ach was! Vergiss die Abhandlungen. Am besten begleitest du mich eine Woche lang. Ja, das ist eine hervorragende Idee! Das werde ich gleich mal mit deiner Mutter besprechen.«

Hilfe!

So gründlich sollte die Oberschwester Cordula die Ausrede doch gar nicht glauben! Max muss sie schleunigst wieder von dieser Idee abbringen!

Da tippt ihm jemand auf die Schulter. »Hier steckst du also. Ich habe schon bei euch geklingelt.«

Vera.

Wie es sich für eine Bande gehört, taucht sie genau im richtigen Moment auf.

»Guten Morgen, Frau Hasselberg.« Das Lächeln von der Oberschwester Cordula sieht aus, als hätte sie den Mund auf einmal voller Stecknadeln.

»Guten Morgen. Alles in Ordnung?« Vera runzelt die Stirn und schaut Max an, und Max weiß augenblicklich, dass sie nur auf ein Zeichen von ihm wartet, um sich mit der Oberschwester Cordula anzulegen.

Um *ihn* zu verteidigen.

Max nickt und versucht dabei, nicht zu sehr zu strahlen.

»Gut, aber wir zwei sollten uns jetzt sputen. Horst und Kilian warten sicher schon.« Vera nickt der Oberschwester Cordula zu. Die nickt zurück, dann stapft sie um die Ecke vom alten Backhaus.

»JA, MUSS DENN HEUTE JEDER RENNEN?! REGEL NUMMER 7! NICHT RENNEN! DAS GILT BESONDERS

FÜR DICH, JUNGER MANN! DEIN ONKEL IST HIER
DER GESCHÄFTSFÜHRER, DU SOLLTEST MIT GUTEM
BEISPIEL VORANGEHEN! GE-HEN!«

Max zuckt zusammen.

Höchste Zeit, sich mit Vera aus dem Staub zu machen!

»Sorry. Wollte nur kurz bei meinem Onkel vorbeischauen.«

Aha. Raphael.

Ein bisschen freut es Max ja, dass der einen Anschiss von
der Oberschwester Cordula bekommt. Nach dieser fiesen
Mofa-Raserei hat er den verdient!

»Und ich meine Oma besuchen.«

Als Max die zweite Stimme hört, zuckt er noch heftiger
zusammen. Bevor er nachdenken kann, ist er auch schon mit
einem mächtigen Satz hinter der Gartenmauer in Deckung
gegangen.

»Welcher Floh hat dich denn gebissen?« Vera guckt ver-
wundert auf Max herunter. »Wieso versteckst du dich?«

»Tu ich gar nicht!« Aber Max hört selbst, wie dämlich das
klingt. Dabei weiß er eigentlich überhaupt nicht, warum er
sich wegen Laura so aufregt. Wo sie ihn wie Luft behandelt
hat!

Doch darüber kann Max jetzt nicht nachdenken, denn da
biegt Laura bereits um die Ecke vom alten Backhaus. Neben
ihr schlendert Raphael heran, cool und lässig wie immer.
Und so, wie Laura kichert und mit der Hand durch ihre roten Locken fährt, scheint sie tatsächlich von diesem rasenden
Irren beeindruckt zu sein.

Mädchen …

»Kennst du die beiden?«

Max schüttelt den Kopf.

»Na, dann lass uns mal Guten Tag sagen. Ist doch schön, dass es hier noch ein paar andere Kinder gibt.«

Bevor Max etwas erwidern kann – zum Beispiel, dass Raphael ganz bestimmt kein Kind mehr ist –, hat Vera sich schon gebückt und zieht ihn am Arm mit sich.

»Guten Tag, Raphael. Guten Tag, junge Dame.«

»Tagchen!« Raphael grinst Max breit an.

»Guten Tag«, sagt Laura. »Hallo, Max.«

Max wird abwechselnd heiß und kalt. Jetzt hat Vera ihn beim Schwindeln erwischt! Vorsichtig schielt er zu ihr hinüber.

»So, so«, sagt sie nur. Aber bei ihr klingt es ganz anders als bei der Oberschwester Cordula. Nicht leise und gefährlich, sondern nachdenklich. »Ihr beide kennt euch also.«

»Aus der Schule«, sagt Laura. »Wir sind in einer Klasse.«

Max beschließt, den Frauen das Reden zu überlassen. Er stopft seine Hände in die Hosentaschen und versucht, so cool und lässig wie Raphael dazustehen.

»Bist du zu Besuch bei uns?«

Jetzt fängt Vera mit ihren Fragen an.

»Ja, meine Oma wohnt hier. Sie ist vor drei Tagen ausgeraubt worden und war im Krankenhaus.«

»Ach, dann bist du Laura, die Enkelin von Frau Butz. Die arme Gerlinde, wie geht's ihr denn?«

»Ganz okay. Sie kann bloß nachts nicht richtig schlafen. Weil es doch den zweiten Einbruch gegeben hat.«

»Ja, stell dir vor, Max hat den Einbrecher entdeckt! – Möchtest du nicht auch mal was sagen?« Vera stupst Max auffordernd in die Seite. Aber Max kann nur leuchten wie eine Tomate, die Lauras rote Locken wahrscheinlich ganz blass aussehen lässt. Raphaels Grinsen wird breiter und breiter.

»Na gut, wir müssen los.« Vera nickt den beiden zu. »Wir haben ja noch ein Treffen mit unseren Freunden, nicht wahr, Max?«

Raphaels Grinsen ist mittlerweile so breit, dass man ihm ohne Probleme eine Banane quer in den Mund schieben könnte.

»Viel Spaß mit deinen neuen Freunden, Kleiner.« Er zwinkert Max lässig zu.

Laura kichert.

Vera hebt eine Augenbraue.

Dann geht sie endlich, endlich weiter. Doch kaum klappt die Tür vom alten Wehrturm hinter Max und Vera zu, bleibt sie stehen.

»Sag mal, schämst du dich für mich?« Sie stemmt die Hände in die Hüften.

»NEIN!« Fieberhaft sucht Max nach den richtigen Worten. Wie soll er Vera das erklären? Wie soll er ihr erklären, dass die anderen es sowieso schon auf ihn abgesehen haben? Und wenn die wissen, dass er die Wilde Sieben mag, dann machen sie ihm erst recht das Leben schwer. Dann wird Max für immer der Opa bleiben.

»Hör mal«, sagt Vera ernst. »Willst du, dass sie nicht mehr über dich grinsen und kichern?«

Natürlich will Max das! Aber hoffentlich kommt Vera jetzt nicht wieder mit irgendeiner tollen Schauspieler-Idee an.

»Dann musst du dir mehr Respekt verschaffen!«

Sehr witzig. Als ob Max das nicht selbst wüsste!

»Lass dich nicht so hängen. Steh gerade. Und beide Füße fest auf den Boden. Zeig, wer du bist! Warum bist du so stumm und machst dich so klein?«

»Ich weiß nicht, was ich denen sagen soll.«

»Quatsch! Das weißt du ganz genau. Du traust dich bloß nicht. Aber das üben wir.«

Daran hat Max leider keinen Zweifel. Denn Vera klingt so streng wie Kilian, als der noch der Herr Professor war.

»Und jetzt komm. Wir müssen schließlich das Schwarze Ass schnappen!« Energisch stapft Vera davon.

Max unterdrückt einen Seufzer. Dann trottet er hinter ihr die Wendeltreppe hinauf. Obwohl die schmalen Schießschartenfenster alle sperrangelweit offen stehen, ist die Luft im alten Wehrturm schön kühl. Sanft streicht sie über Max' glühendes Gesicht, und das fühlt sich an, als wollte die Burg ihn ein bisschen trösten.

Verdammtes Tomatenleben!

Kapitel 12
Der Kronleuchtermoment

»Ja, wo bleibt ihr denn?!« Kilian hat die Wohnungstür noch nicht ganz aufgerissen, da streckt er Max und Vera schon seine silberne Taschenuhr entgegen.

Fünf nach zehn.

Gar nicht so schlecht, findet Max, aber ein Blick in Kilians grimmiges Gesicht sagt ihm, dass es exakt fünf Minuten zu viel sind.

»Ich hole jetzt die Torte aus dem Kühlschrank, sonst kann ich nicht klar denken.« Kilian wedelt ungeduldig mit den Armen. »Ab ins Wohnzimmer!«

»Immer mit der Ruhe«, murmelt Vera. »Eine alte Frau ist schließlich kein D-Zug!«

Max ist froh, dass sie vorausgeht, denn so eine gruselige Wohnung hat er noch nie gesehen. Überall stehen Glaskästen herum.

Glaskästen voller toter Tiere!

Und nicht gerade die, die Max sich als Haustiere aussuchen würde. Er geht an Schlangen vorbei. Dann an Skorpionen. Dann an Käfern und Bienen. Und schließlich an Spinnen in allen Farben und Größen.

Was für eine schaurige Einrichtung!

Als sie das Wohnzimmer betreten, erwartet Max die nächste Überraschung. Verblüfft bleibt er stehen.

Das ist ja der reinste Dschungel!

Außer einem kleinen Sofa und einem Schreibtisch sind keine Möbel zu sehen. Bloß noch mehr Glaskästen. Und Pflanzen.

Jede Menge Pflanzen!

Pflanzen mit komisch geformten Blättern. Mit bunten Blüten. Mit trompetenartigen Früchten. Pflanzen mit dünnen Stämmen, so lang, dass sie bis unter die Decke reichen und sich dort zu einem dichten Blätterhimmel verknoten.

Aber das ist noch nicht alles: In einer Zimmerecke entdeckt Max sogar eine aufgespannte Hängematte und an der Wand dahinter ein Buschmesser, ein Fernglas und einen Tropenhelm.

Piratenpistole hin oder her – *so* ein verrücktes Wohnzimmer hätte er bei Kilian nie vermutet! Kein Wunder, dass die Oberschwester Cordula ihn für aufmüpfig hält. Bestimmt verstoßen so viele tote Tiere und so viele Pflanzen auf einem Haufen gegen ein ganzes Dutzend ihrer Regeln!

»Was für ein Professor ist Kilian eigentlich?«, fragt Max leise, als er sich zwischen Horst und Vera auf das kleine Sofa quetscht.

»Professor für Biologie. Er weiß alles über Tiere und Pflanzen.« Geräuschvoll saugt Vera die Luft durch die Nase ein. »Riecht es hier nicht herrlich?«

Erst jetzt fällt Max auf, dass die Luft voller Düfte ist. Es riecht so stark nach Blumen, als würden sie in einer Gärtnerei sitzen und nicht in einem Wohnzimmer.

»Sag mal, Moritz, wie gefällt dir das viele Viehzeugs?« Horst deutet auf die Glaskästen.

Als Antwort verzieht Max den Mund. Für seinen Geschmack starren ihn eindeutig zu viele tote Augen an.

Horst lacht. »Geht mir genauso«, flüstert er und zwinkert Max zu.

Da kommt Kilian mit einem Tablett ins Wohnzimmer geeilt. Beim Anblick der Sahnetortenstückchen auf den Tellern läuft Max das Wasser im Mund zusammen. Motzkopf würde durchdrehen vor Glück!

»So, verehrte Anwesende, unsere Sitzung ist hiermit eröffnet.« Kilian lässt sich in seinen Schreibtischstuhl plumpsen und stopft sich beinahe gleichzeitig einen großen Bissen Sahnetorte in den Mund. »Wie wir gestern festgestellt haben, kam das Schwarze Ass nicht durch die Fenster. Es sei denn, es kann fliegen, wovon wir natürlich nicht ausgehen.«

Max staunt, wie gut Kilian reden und gleichzeitig Sahnetorte futtern kann.

»Wie ist das Schwarze Ass dann in die Wohnungen gekommen?« Horst runzelt die Stirn. »Leute, es gab keine Einbruchsspuren. Die hätten wir doch gesehen!«

»Der hat bestimmt einen besonderen Trick …« Nachdenklich trommelt Vera mit ihrer Kuchengabel auf der Sofalehne herum. Und in diesem Moment bemerkt Max die haarige Riesenspinne, die an den Zweigen eines Blumenbuschs entlangkriecht.

Direkt auf Veras Arm zu.

Max will gerade losschreien – da sieht er, wie sich vor der Riesenspinne das Sonnenlicht spiegelt.

Glas!

Er beugt sich vor und guckt genauer hin. Tatsächlich. Zwischen den Zweigen des Blumenbuschs versteckt sich ein Glaskasten.

»Ah, du hast meine Mitbewohnerin entdeckt.« Kilian deutet mit seiner Gabel auf die Riesenspinne. »Darf ich vorstellen? Das ist Agathe, eine *Theraphosa blondi*. Eine Riesenvogelspinne. Ihr beide müsstest gleich alt sein. Du bist doch acht, oder?«

»Neundreiviertel«, sagt Max beleidigt.

»Na, dafür hast du dich aber gut gehalten.«

Was soll das denn jetzt heißen? Und warum grinsen Horst und Vera, als hätte Kilian einen supercoolen Witz gerissen?

Senioren …

»Du brauchst keine Angst zu haben, Max. Agathe ist ein feines Mädchen.« Kilian lächelt stolz. »Ihr Name kommt übrigens aus dem Griechischen und bedeutet ›die Gute‹. Passend, findest du nicht?«

Nein, findet Max überhaupt nicht. ›Haariges Monster‹ wäre viel passender!

Trotzdem nickt er.

»So, jetzt aber wieder zurück zu unserem Fall.« Kilian schiebt seinen leeren Tortenteller beiseite und legt beide Hände an den Fingerspitzen zusammen. Sehr klug sieht das aus. So richtig detektivmäßig!

»Wenn das Schwarze Ass nicht eingebrochen ist, kommt nur eines infrage«, fährt Kilian fort. »Kennst du Sherlock Holmes, Max?«

»Logo!« Max schluckt den letzten Bissen Sahnetorte hinunter. »Das war der beste Privatdetektiv der Welt!«

»Sehr richtig. Und Sherlock Holmes hat Folgendes gesagt: ›Wenn du das Unmögliche ausgeschlossen hast, dann ist das, was übrig bleibt, die Wahrheit, wie unwahrscheinlich sie auch ist.‹«

Hä?!

Das kapiert Max jetzt nicht. Und zu seiner Erleichterung ist er da nicht der Einzige.

»Mensch, Kilian«, murrt Vera. »Hör auf mit deinen Schlaumeiereien.«

»Genau«, schimpft Horst. »Da kommt ja keiner mit!«

In Max' Kopf beginnen die Gedanken zu wirbeln. Stopp!, ruft er ihnen lautlos zu. Immer der Reihe nach!

Okay, okay.

Wie war das noch mal?

Wenn du das Unmögliche ausgeschlossen hast …

Also: Der Einbrecher ist nicht durch die Fenster gekommen. Und er hat sich auch nicht mit Gewalt Eintritt in die Wohnungen verschafft.

Dann ist das, was übrig bleibt, die Wahrheit.

Plötzlich geht Max nicht nur eine Glühbirne, sondern ein riesiger Kronleuchter auf. Er springt so heftig vom Sofa hoch, dass sein leerer Teller beinahe auf den Boden fällt. Aber auf Geschirr kann Max jetzt keine Rücksicht nehmen!

»Das Schwarze Ass ist ganz normal durch die Tür gekommen!«, ruft er und fuchtelt mit seiner Kuchengabel so aufgeregt durch die Luft wie sonst nur die Oberschwester Cordula. Erschrocken gehen Horst und Vera in Deckung. »Das ist die Wahrheit, die übrig bleibt! Weil es ja kein Einbruch war!«

»Und ob hier jemand mitkommt!« Kilian strahlt Max an, als hätten sie gerade zusammen eine Eins in Mathe geschrieben. »Gar nicht übel! Gar nicht übel!«

Max' Beine kribbeln wie blöde. Seine Mama sagt zwar immer, dass Kinder nur im Schlaf wachsen, aber in diesem Moment spürt er ganz deutlich, wie er auf einen Schlag ein paar Zentimeter in die Höhe schießt. Noch so ein Kronleuchtermoment, und seine Mama muss wieder neue Hosen kaufen!

»Aha«, sagt Vera.

»Verstehe«, sagt Horst.

Und dabei gucken sie ein bisschen säuerlich.

Bestimmt würden die beiden auch gerne so einen Kronleuchtermoment erleben …

»Wir müssen uns also fragen, wer alles einen Schlüssel
zu den Wohnungen hat.« Kilian tippt gegen seinen Daumen.
»Zuerst wäre da Hausmeister Ottmar. Der hat einen Generalschlüssel, der in alle Schlösser passt. Falls es mal einen Notfall gibt.«

Max muss an den Einzugstag denken. Wie der Hausmeister Ottmar die Wendeltreppe hinaufgeschnauft ist, als er
seiner Mama und ihm die neue Wohnung im Rabenturm
gezeigt hat! So dick, wie der ist, hat Max sich sogar gefragt,
ob er überhaupt durch die Tür passt.

Moment mal …

»Hausmeister Ottmar kann's nicht gewesen sein! Das
Schwarze Ass war normal dünn, das hab ich genau gesehen.
Und Hausmeister Ottmar ist total dick!«

Ups.

Max hält sich die Hand vor den Mund. Das war ziemlich
unhöflich! Doch die Wilde Sieben ist mit ihren Gedanken
zum Glück woanders.

»Ja, Max, das Schwarze Ass war nicht dick. Hausmeister
Ottmar scheidet also aus. Und geklaut wurde ihm der Ge-
neralschlüssel auch nicht, das hätten wir längst mitgekriegt.
Dann hätten sie hier schon die Schlösser ausgetauscht.«

Kilian tippt gegen seinen Zeigefinger. »Kommen wir zu den Schwestern.«

»Aber die arbeiten alle seit Jahren hier! Außerdem: Warum sollte eine von ihnen eine Spielkarte zurücklassen? Das passt nicht. Das sagt mir mein Gefühl.« Vera trommelt wieder mit ihrer Kuchengabel auf der Sofalehne herum. Sie ist die Einzige, die ihr Sahnetortenstück noch nicht aufgegessen hat. Kein Wunder, bei den winzigen Bissen, die sie nimmt!

»Trotzdem dürfen wir die Schwestern nicht ausschließen.« Kilian schaut Vera streng an. »Wir müssen uns nach den Fakten richten. Nicht nach unseren Gefühlen!«

»Gefühle sind genauso wichtig wie Fakten, Kilian!«

Oh nein, bitte nicht wieder streiten!

In Gedanken geht Max die Kolleginnen von seiner Mama der Reihe nach durch. Vera hat recht: Von denen sieht wirklich keine wie ein fieser Einbrecher aus. Nicht mal die Oberschwester Cordula!

»Hmm …«, macht Horst nachdenklich. »Hat denn jede Schwester einen Generalschlüssel für alle Wohnungen? So wie Hausmeister Ottmar?«

»Nein.« Kilian schüttelt den Kopf. »Für die Schwestern gibt es einen Schlüsselkasten. Aus dem nimmt sich jede Schwester den passenden Schlüssel raus, wenn sie in eine Wohnung muss.«

Aha.

»Vielleicht hat das Schwarze Ass einen Schlüssel aus dem

116

Schlüsselkasten geklaut und ihn dann zurückgehängt?« Wenn Max der Einbrecher wäre, würde er es genau so machen!

»Das ist gut möglich. Aber die Sache hat leider einen Haken.« Kilian seufzt. »Die Schlüssel haben andere Nummern als die Wohnungen. Wenn ein Dieb einen Schlüssel klaut, weiß er also nicht, zu welcher Wohnung der passt. Nur die Schwester, die die Wohnung betreut, kennt die passende Schlüsselnummer.«

Puh, ganz schön kompliziert!

Max kratzt sich am Kopf.

»Und wer hat den Schlüsseln die Nummern gegeben?«, fragt Horst. »Einer muss doch den Überblick behalten!«

»Das weiß ich!«, ruft Vera. »Die Oberschwester Cordula! Sie hat in ihrem Büro eine geheime Liste, auf der steht zu jeder Schlüsselnummer auch die Nummer der Wohnung.«

»Natürlich!«, ruft Horst. »Wir sollten die Oberschwester Cordula fragen, ob mit der Liste alles in Ordnung ist. Vielleicht wurde sie ja sogar gestohlen?«

»Das wäre eine Spur!«, ruft Vera. »Dann wüssten wir sicher, dass das Schwarze Ass die Schlüssel benutzt hat.«

»Aber der alte Drache wird uns bestimmt nichts verraten!«, ruft Horst und ballt die Fäuste. »Nie im Leben!«

»Dann brechen wir eben in die Drachenhöhle ein!«, ruft Vera. »Wir schauen uns die Schlüsselliste selbst an!«

Max hat das Gefühl, Tennis zu gucken, so geht das mit dem Gerufe zwischen Horst und Vera hin und her: Ping. Pong. Ping. Pong.

Da raucht einem ja die Rübe!

Andererseits: Wer ein *richtiger* Detektiv sein will, muss auch den kompliziertesten Spuren nachgehen. Genau deshalb ist Detektivsein ja nichts für Doofe!

»… ist es das Unauffälligste, wenn Max und ich in die Drachenhöhle einbrechen.«

Was hat Vera da gerade gesagt?

Max? In die Drachenhöhle? Einbrechen?!

Oh nein.

Lieber besucht Max Ole Schröder und seine Kumpels!

»Das ist viel zu gefährlich«, sagt er schnell. »Ich bin doch vorhin in die Oberschwester Cordula gerannt! Und dann hat sie rumgeschrien und gefragt, ob wir heimlich ermitteln.«

Die Wilde Sieben schaut sich alarmiert an.

Also erzählt Max alles der Reihe nach.

»Da hast du den alten Drachen aber fein ausgedribbelt, Marius!« Horst klopft Max auf die Schulter.

»Nicht übel!« Kilian schnalzt mit der Zunge. »Und jetzt haben wir sogar schon eine Ausrede parat, falls euch der Drache in seinem Büro erwischt. Dann seid ihr nur wegen deinem Schulprojekt gekommen. Da kann eigentlich gar nichts mehr schiefgehen!«

»Genau!« Veras grüne Augen funkeln vor Abenteuerlust. »Wann schlagen wir zu?«

Kapitel 13
In der Drachenhöhle

Max hätte nie gedacht, dass die Wilde Sieben ihren verrückten Plan auf der Stelle durchzieht. Aber weil Kilian unbedingt vor dem Mittagessen fertig sein will, steht Max jetzt mit Vera hinter zwei dicken Samtvorhängen und checkt die Lage vor der Drachenhöhle.

»Nun kommt schon, Jungs.« Vera schaut ungeduldig auf ihre Armbanduhr. »Ablenkungsmanöver nach zehn Minuten war die Verabredung.«

Max dagegen ist froh, dass Horst und Kilian so trödeln. Auch wenn er es sich nicht anmerken lässt: Ihm ist ganz schön mulmig zumute. Die Wilde Sieben kann ja verrückte Pläne durchziehen, wie sie will – die drei haben schließlich keine Mama mehr! Wenn Max von der Oberschwester Cordula dabei erwischt wird, wie er mit Vera in ihr Büro einbricht, kriegt er Hausarrest, bis er hundert ist.

Mindestens!

»Mensch, Jungs, seid ihr eingeschlafen, oder was?« Vera schüttelt den Kopf. Und dann streckt sie ihn auch noch in den Flur hinaus!

Muss sie sich denn so auffällig benehmen?!

So, als ob das Ganze bloß eine Probe fürs Schultheater wäre? Dabei ist das hier blutiger Ernst!

Da beginnt in der Drachenhöhle das Telefon zu läuten.

Max' Herz macht einen erschrockenen Hüpfer.

Es geht los!

Keine Minute später wird die Tür der Drachenhöhle aufgerissen, und die Oberschwester Cordula stürmt mit grimmiger Miene auf den Flur hinaus.

»Sabotage!«, schimpft sie und rast so schnell an Max und Vera vorbei, dass die dicken Samtvorhänge im Luftzug wehen.

Au Backe! Hoffentlich kriegt die Oberschwester Cordula nicht raus, dass Horst und Kilian die Blumen im Beet niedergetrampelt haben!

»Los!«, zischt Vera. »Wir haben nicht viel Zeit!«

Als ob sie Max daran erinnern müsste!

Er holt tief Luft. Dann saust er zwischen den Samtvorhängen hindurch.

Dass ein Flur so breit sein kann!

Dass Beine so wackelig sein können!

Doch was ist das? Mitten im Sausen durchzuckt Max plötzlich ein heftiges Stromschlagsgefühl. Er vibriert von Kopf bis Fuß vor Abenteuerlust.

Hundert Jahre Hausarrest?

EGAL!

Jetzt wird erst mal ERMITTELT!

Und schon ist Max an Vera vorbeigestürmt und steht mitten in der Drachenhöhle. Erste Überraschung: Die Luft riecht freundlich. Nach Pfefferminzbonbons und von der Sonne angewärmten Gummibärchen. Zweite Überraschung: Der Schreibtisch ist total unordentlich. Voller leerer Kaffeetassen, dicker Bücher, Karteikarten und Medikamentenschachteln. Aber es liegen keine Papiere herum.

»Ich suche hier.« Max flitzt zum Schreibtisch hinüber und zieht die erste Schublade auf. Ein Haufen Stempel und Büroklammern, alles kreuz und quer.

Statt von morgens bis abends Regeln zu erfinden, sollte die Oberschwester Cordula mal lieber ein bisschen aufräumen! Wenn's bei Max so aussehen würde, gäb's von seiner Mama aber mächtig Ärger!

Die nächste Schublade. Jede Menge Postkarten, Taschentücher und Pfefferminzbonbons.

Jetzt die große in der Mitte. Max zieht und zerrt, doch die Schublade lässt sich nur im Zeitlupentempo herausruckeln. Und da weiß Max auch schon, dass er hier gar nicht weiterzusuchen braucht. Dass diese Schublade wahrscheinlich kaum benutzt wird. So schnell wie möglich ruckelt er sie wieder zu. Er wird nicht denselben Fehler begehen wie das Schwarze Ass und die Schubladen nicht ordentlich zudrücken!

Max öffnet die letzte. Die geht viel leichter, und noch bevor er sie richtig aufgezogen hat, sieht er ein Blatt Papier.

Mit vielen Nummern und Namen drauf!

Und jetzt, wo er die Schublade ganz herausgezogen hat, taucht auch die Überschrift auf: *Schlüsselliste Seniorenheim Burg Geroldseck.*

JUHU!

»Ich hab sie! Ich hab sie!« Max wedelt mit dem Blatt herum.

»Die Liste ist also nicht gestohlen worden.« Vera schiebt einen blauen Ordner ins Regal zurück und eilt zum Schreibtisch. »Lass mal sehen, vielleicht entdecken wir ja was.«

Und – *zack!* – hat sie Max das Blatt aus den Händen gerupft.

Die ist ja genauso schlimm wie Kilian!

Vera starrt auf die Liste. Ungeduldig tritt Max von einem Bein aufs andere.

»Ich kann nichts Ungewöhnliches entdecken.« Vera seufzt und schüttelt den Kopf. »Hier, leg die Liste mal besser wieder zurück.«

Also keine neue Spur?

Schlagartig ist die kribbelige Abenteuerlust in Max verpufft. Er will die Liste gerade in die Schublade zurücklegen – da fällt ihm auf der Rückseite etwas auf. Rasch hält er sich das Blatt näher an die Augen. Tatsächlich. Auf der rechten unteren Ecke ist ein hellgelber Fingerabdruck zu sehen. Fast hätte Max die blasse Farbe nicht bemerkt, aber sobald er das Blatt schräg ins Licht hält, schimmert sie ein wenig.

Jemand hat es mit farbverschmierten Fingern angefasst!

»Vera, schau mal. Ein Fingerabdruck!«

»Was?!« Vera beugt sich über die Schreibtischplatte und hält sich das Blatt so dicht vor die Augen, dass es beinahe ihre Nasenspitze berührt. »Mensch, du hast recht! Hm … Moment mal … Der Fingerabdruck ist viel zu groß für die

Finger von der Oberschwester Cordula. Von ihr stammt der nicht!«

Bevor Max antworten kann, hört er ein Geräusch. Das schrecklichste Geräusch der Welt: Schritte im Flur. Und diese Schritte kommen geradewegs auf die Drachenhöhle zu!

»Max! Die Liste! In die Schublade!« Vera fuchtelt mit den Händen.

Doch es ist schon zu spät. Die Tür öffnet sich, und die Oberschwester Cordula betritt ihr Büro. Blitzschnell versteckt Max die Schlüsselliste hinter seinem Rücken.

»Ja, wen haben wir denn da?!« Die Oberschwester Cordula mustert Max und Vera. Und dabei werden ihre Augen schon wieder gefährlich schmal. »Was machen die Herrschaften denn in meinem Büro, wenn ich fragen darf?«

Die Oberschwester Cordula klingt nicht mal halb so höflich wie ihre Frage. Und während sich ihre Augen immer mehr in Geldschlitze verwandeln, bleibt Max nichts anderes übrig, als seine weit aufzureißen. Wie ein Kaninchen, das vor einer Schlange hockt.

»Ich warte.«

Max weiß, dass die Oberschwester Cordula nur deshalb nicht herumschreit, weil Vera bei ihm ist. Sonst wäre er wahrscheinlich schon taub von ihrem Gebrüll!

»Hat's den Herrschaften die Sprache verschlagen?«

Die Ausrede! Das Schulprojekt! Die hübschen Abhandlungen! Über ... über ... Senioren! In Max' Kopf verknäulen sich die Gedanken. Er öffnet den Mund, aber bevor er endlich was sagen kann, hört er ein lautes, lang gezogenes Stöhnen. Doch das Stöhnen kommt nicht aus seinem Mund, sondern aus dem von Vera. Die ist mit einem Schlag kreidebleich geworden, und jetzt sackt sie in sich zusammen und klammert sich mit letzter Kraft an die Schreibtischkante.

HILFE!

Hoffentlich kriegt Vera jetzt nicht vor lauter Aufregung einen Herzinfarkt!

»Frau Hasselberg! Was haben Sie denn?« Die Oberschwester Cordula fängt Vera auf und führt sie zu einem Stuhl. »Ist Ihnen nicht gut?«

»Mein Kreislauf ...«, ächzt Vera. »Ich ... Könnte ich bitte ein Glas Wasser haben?«

»Ja, natürlich. Bin gleich zurück!« Die Oberschwester Cordula rast aus der Drachenhöhle.

Zum ersten Mal wünscht sich Max, dass sie dageblieben wäre. Was soll er denn jetzt tun? Was, wenn Vera vor seinen Augen bewusstlos wird und vom Stuhl fällt?

Oder noch schlimmer ...

»Max? Kannst du meine Hand halten? Ich fühl mich so schwach.« Mit geschlossenen Augen klammert sich Vera an die Stuhllehne. Max eilt an ihre Seite und nimmt ganz

vorsichtig ihre Hand – doch Vera drückt zu wie ein Möbelpacker! Dann öffnet sie nur ein Auge, was auf einmal sehr
komisch aussieht.

»Na, wie war ich?«

Krass!

Vera hat das alles nur gespielt?!

Max kann es nicht fassen.

»Nicht schlecht, oder?« Vera zwinkert ihm fröhlich zu.
»Die Dame fällt in Ohnmacht. Eine meiner besten Rollen!
Findest du nicht?«

Und ob Max das findet!

Vor Erleichterung nickt er wild mit dem Kopf – und dabei
raschelt das Blatt Papier, das er noch immer in einer Hand
hält.

Die Schlüsselliste!

Max hastet zum Schreibtisch und will sie gerade zurücklegen, da schießt ihm ein Gedanke durch den Kopf: Den Fingerabdruck müssen sie Kilian zeigen! Als Professor weiß der
mit Sicherheit, was damit zu tun ist.

Aber Max kann ja schlecht die ganze Liste klauen!

Ohne lange zu überlegen, reißt er einfach die Ecke mit
dem Fingerabdruck ab und steckt den Papierschnipsel in die
Hosentasche. Bis die Oberschwester Cordula das bemerkt,
sind Max und Vera längst nicht mehr verdächtig.

Hoffentlich …

Max drückt die Schublade zu. Und das keine Sekunde zu
früh! Denn schon eilt die Oberschwester Cordula herein. Sie

reicht Vera ein Glas Wasser und zieht ein Blutdruckmessgerät aus ihrem Kittel.

Oh, oh.

»Ich messe rasch Ihren Blutdruck, Frau Hasselberg. Danach bringe ich Sie zu Dr. Vollmer.« Die Oberschwester Cordula greift nach Veras Arm.

»Nein, nein, es reicht, wenn Max mich in meine Wohnung bringt.« Vera leert das Glas Wasser in einem Zug und steht auf. »Kommst du, Max?«

»Aber …?« Die Oberschwester Cordula guckt ganz verdattert. »Sie brauchen doch …«

»Vielen, vielen Dank, Oberschwester Cordula. Was wären wir nur alle ohne Sie?«, flötet Vera und schiebt Max aus der Drachenhöhle.

Dann klappt die Tür hinter ihnen zu.

»Puh, das war knapp!« Vera klatscht vergnügt in die Hände. »Und jetzt nichts wie weg hier!«

Das lässt sich Max ganz bestimmt nicht zweimal sagen.

Kapitel 14
Eine neue Spur

Als sie wieder sicher auf dem kleinen Sofa in Kilians Dschungel sitzen, braucht Max viel dringender ein Glas Wasser als eben noch Vera. Wenn das so weitergeht, kriegt er selbst bald einen Herzinfarkt!

Erschöpft lehnt sich Max zurück. Dass richtiges Ermitteln so anstrengend ist, hätte er nicht gedacht. Er fühlt sich, als wäre er den ganzen Tag Achterbahn gefahren – und zwar kopfüber!

»Hier«, sagt Kilian und reicht Max eine Tasse. »Kalte Milch mit viel Kakaopulver beruhigt die Nerven.«

Dass man erst einen Professor kennenlernen muss, um zu wissen, wie ein perfekter Kakao schmeckt! So was herrlich Süßes hat Max noch nie getrunken. Wenn das seine Mama wüsste …

»Ihr hättet sehen sollen, wie die Oberschwester Cordula am Beet entlanggestapft ist und die Hände gerungen hat.« Kilian schnalzt mit der Zunge.

Nein danke!

Max hat für heute wirklich genug von der Oberschwester Cordula gesehen! Und das auch noch von viel zu nah!

»Was ist, wenn der Drache deine Stimme am Telefon erkannt hat? Du bist leider kein besonders guter Schauspieler, Kilian.« Vera guckt auf einmal sehr besorgt.

»Wie bitte?!« Kilian verschluckt sich fast an seinem Kakao.

»Nein, nein, Vera, Kilian hat das sehr gut gemacht. Und wir haben sogar ein Taschentuch über den Telefonhörer gelegt!« Horst klingt furchtbar stolz.

Aha.

Das war wohl seine Idee.

»Und ich habe selbstverständlich meine Stimme verstellt.« Kilian hält sich die Nase zu und redet weiter. »Eine schlichte, aber wirkungsvolle Methode! Das musst du zugeben, meine Liebe.«

Hm. Kilians Stimme klingt – immer noch wie Kilians Stimme. Nur eben ein bisschen gequetscht.

Au Backe!

Vera scheint dasselbe zu denken. Sie wirft Max einen besorgten Blick zu.

Aber Max kann ja jetzt auch nichts mehr ändern!

»Es war wirklich total einfach: Wir mussten nur schnell die Blumen erledigen, und dann konnten wir hübsch zugucken, wie die Oberschwester Cordula sich aufregt.« Horst wedelt mit Kilians Fernglas.

»Du hast viel länger geguckt als ich!«, schimpft Kilian los.

»Hab ich nicht!«

»Doch!«

»Nein!«

»Doch!«

Vor lauter Blumenbeet-Sabotage scheinen Horst und Kilian ganz vergessen zu haben, dass sie ja eigentlich bloß die Ablenkung waren. Dass die richtigen Ermittlungen in der Drachenhöhle stattgefunden haben. Höchste Zeit, sie daran zu erinnern!

»STOPP!«, ruft Max und zieht den Papierfetzen aus seiner Hosentasche. »Ich hab einen Fingerabdruck auf der Schlüsselliste entdeckt!«

Nicht einmal eine Sahnetorte hätte Horst und Kilian jetzt so schnell von ihrem Gemotze ablenken können. Neugierig beugen sie sich über Max' ausgestreckte Hand. Auf der ruht der Papierfetzen wie eine Kostbarkeit. Und genau das ist er ja auch: eine kostbare neue Spur!

»Nicht übel! Nicht übel!« Aus einer seiner vielen Hosentaschen fischt Kilian eine Lupe und hält sie dicht über den Papierfetzen. »Hm … Keine Frage: Der Fingerabdruck ist zu groß für eine Frau. Der stammt eindeutig von einem Mann.«

»Das haben Max und ich sofort erkannt. Ohne Lupe!« Vera stemmt die Hände in die Hüften und schaut Kilian garstig an. Wahrscheinlich möchte sie verhindern, dass er sich gleich wieder in einen Klugscheißer verwandelt und alles bestimmen will. Aber Kilian scheint sie gar nicht zu hören.

»Hm …«, brummt er nur und schaut durch seine Lupe. »Halt still, Max.«

Kilian hat gut reden! Max' ausgestreckter Arm wird langsam schwer wie eine Kiste Sprudel.

Wenn er bloß auch mal einen Blick durch Kilians Lupe werfen dürfte! Schließlich ist das hier sein erster echter Fingerabdruck! Und schließlich hat er ihn entdeckt!

Doch genauso erfolgreich hätte Max sich was vom Weihnachtsmann wünschen können …

»Jungs, irgendjemand muss sich die Liste heimlich genommen haben. Denn die Oberschwester Cordula rückt die bestimmt nicht raus. Und schon gar nicht an jemanden, der schmutzige Finger hat!«

Vera hat recht. Dafür ist die Oberschwester Cordula viel zu pingelig.

»Dieser Irgendjemand muss das Schwarze Ass gewesen sein.« Kilian richtet sich auf und seufzt. »Leider ist der Fingerabdruck nicht zu gebrauchen. Viel zu verschmiert. Aber: Die Farbe ist interessant!«

»Warum?« Max platzt fast vor Neugier. Und endlich erinnert sich Kilian daran, dass er nicht der einzige Detektiv im Zimmer ist.

»Schau selbst«, sagt er und reicht Max die Lupe.

»Ich will auch«, murrt Vera.

Aber die muss sich jetzt gedulden. Jetzt ist Max dran.

Er hält die Lupe über den Papierfetzen. So vergrößert sieht der hellgelbe Fingerabdruck nicht mehr wie ein Fingerabdruck aus. Er sieht aus wie einer der Sandwirbel, die Max einmal bei Ebbe auf dem Meeresboden gesehen hat.

Dass diese paar harmlosen Linien das Schwarze Ass ins Gefängnis bringen können!

Wenn sie nur nicht so verschmiert wären.

»Das ist keine normale Tinte.« Kilian kratzt sich am Kinn. »Und dann die Farbe selbst. Gelb!«

»Lass mich mal sehen, Marvin.« Horsts Hand wedelt ungeduldig vor Max' Gesicht hin und her. »Ich hab da 'nen Verdacht.«

Also reicht Max ihm die Lupe. Vera schnauft laut auf und verzieht beleidigt den Mund.

Mädchen ...

»Hab ich's mir doch gedacht!« Horst ballt triumphierend die Faust. »Das ist Autolack! Schaut, wie er glänzt, wenn ich Merlins Hand bewege. Deswegen hat er den Fleck auch entdeckt.«

»Horst hat recht! Gelber Autolack!« Kilian klatscht sich gegen die Stirn. »Darauf wäre ich nie gekommen!«

»Pfffhhh«, macht Vera. Und Horst strahlt wie ein Fußballstadion voller Flutlichter. Das würde Max auch, wenn Kilian bei ihm mal zugeben würde, dass er was nicht gewusst hätte.

»Wenn wir rausfinden, woher der Autolack kommt, dann haben wir eine neue Spur!«, sagt Vera energisch und rupft Horst die Lupe aus der Hand. Ihre langen weißen Haare kitzeln Max' Arm, als sie sich zum Papierfetzen hinunterbeugt.

»Ich weiß, woher!«, ruft Flutlicht-Horst aufgeregt. »In der Werkstatt werden gerade einige von den Burg-Geroldseck-Kleinbussen umlackiert. In genau diesem Gelb!«

»Bist du sicher?« Vera richtet sich auf und runzelt so stark die Stirn, als hätte ihr Horst gerade von fliegenden Elefanten erzählt. Vielleicht ist sie aber auch bloß sauer, weil sie der einzige heimliche Ermittler ist, der noch keinen Kronleuchter- oder Flutlichtmoment erlebt hat.

Hoffentlich dauern die Ermittlungen lang genug, damit auch Vera noch drankommt!

»Ich bin mir sogar todsicher, meine Liebe.« Horst strahlt Vera an. »Bei meinem Frühsport komme ich jeden Morgen an der Werkstatt vorbei.«

»Und wer lackiert die Autos?«, fragen Max und Kilian gleichzeitig.

»Unser Mechaniker. Ein unfreundlicher Bursche. Den möchte ich nicht in meiner Mannschaft haben.« Horst schüttelt den Kopf.

Jetzt passt alles zusammen.

Der Fingerabdruck von einem Mann.

Der gelbe Autolack.

Und der Mechaniker, der die Kleinbusse lackiert.

Sie haben das Schwarze Ass gefunden!

»Das ist er! Das ist das Schwarze Ass!« Max springt auf.

»Unser Mechaniker soll das Schwarze Ass sein?« Vera runzelt wieder die Stirn. »Ich weiß nicht … Jochen Schröder ist zwar unfreundlich, aber ob er deswegen gleich ein Einbrecher ist …«

SCHRÖDER?!

Max zuckt zusammen.

Wenn das nicht …

»Hat dieser Jochen Schröder einen Sohn?« Gespannt hält Max die Luft an.

»Ja, hat er«, sagt Horst. »Olaf müsste in deinem Alter sein, Marc.«

»Nicht Olaf! Ole!«, ruft Vera empört. »Der hat mal gegen mein Fahrrad gepinkelt, der Rotzbengel!«

Das überrascht Max jetzt gar nicht. Der Vater von Ole ist das Schwarze Ass! Kein Wunder, dass Ole so ein fieser Typ ist! Der stammt ja auch aus einer Familie von Verbrechern!

»Jochen Schröder hat den Schmuck gestohlen! Wir müssen sofort Kommissar Moser Bescheid sagen!« Wild entschlossen rast Max durch Kilians Grünzeug Richtung Wohnungstür.

»HALT! DU HOLZKOPF!«, donnert Kilians strenge Professorenstimme los. »KEHRT MARSCH ZURÜCK!«

Hat die Wilde Sieben denn gar nichts kapiert?!

Der Fall ist GELÖST!

Widerwillig kehrt Max zum kleinen Sofa zurück. Dort steht Kilian und hat die Hände in die Hüften gestemmt wie Vera.

»Du bist viel zu voreilig!« Kilian deutet auf das kleine Sofa. »Setz dich. Wir müssen in *Ruhe* nachdenken.«

Wer ist denn hier der Holzkopf?!

»Der. Fall. Ist. Gelöst.« Max versucht, ganz langsam zu sprechen und nicht mit den Händen zu fuchteln. Kilian soll jetzt nur darauf achten, was er sagt. »Wir. Haben. Den. Beweis.«

»Haben wir eben nicht, du Knalltüte!«, schimpft Kilian, und sein Zeigefinger fuchtelt vor Max' Nase herum. »Wir haben einen *Hinweis*. Aber keinen *Beweis*. Das ist ein großer Unterschied! Einen Beweis hat man nur, wenn man absolut sicher sein kann und es keine andere Möglichkeit mehr gibt. Nur dann!«

»Kilian hat leider recht.« Vera guckt Max tröstend an und klopft neben sich auf das Sofapolster. »Das kann auch alles bloß ein dummer Zufall sein. Und Jochen Schröder hat mit den Einbrüchen vielleicht nichts zu tun.«

»Ja.« Horst nickt. »Kommissar Moser würde uns bestimmt auslachen. Wenn wir zu ihm gehen, müssen wir uns schon richtig sicher sein!«

»Ich *bin* mir richtig sicher! Jochen Schröder ist das Schwarze Ass!« Max kann es vielleicht nicht beweisen, aber er kann es bis in jede einzelne Haarspitze fühlen! Er guckt Vera an. Die muss ihn doch verstehen! Die kennt sich doch mit Gefühlen aus!

»Dass Jochen Schröder der Einbrecher ist, weißt du eben *nicht*. Und solange man nichts beweisen kann, gilt jeder immer als unschuldig. Das ist ganz wichtig!« Kilians Zeigefinger sticht ein Loch in die Luft. »Stell dir vor, du wärst Jochen Schröder und unschuldig. Wie würdest du dich fühlen, wenn du plötzlich verhaftet würdest? Nur wegen ein paar lächerlicher Hinweise?«

Auch wenn alles in Max protestiert – was Kilian sagt, leuchtet ihm ein. Unschuldig verhaftet zu werden wäre wirklich ein saublödes Gefühl!

Verdammt.

Enttäuscht presst Max die Zähne so fest zusammen, dass sie knirschen.

»Trotzdem werden wir der Spur nachgehen. Keine Frage!« Kilian klatscht in die Hände. »Gleich nach dem Mittagessen machen wir weiter.«

»Jawohl!« Horst legt seine Hand auf Max' Schulter. »Immer von Spiel zu Spiel denken, Mike. So wird man Meister!«

Kapitel 15
Gefeuert

Wie ein riesengroßer Flummi hüpft Max die Wendeltreppe zur Turmwohnung hinauf. Wenn Jochen Schröder ihn jetzt sehen würde, würde er denken: Ah, bloß ein stinknormaler Junge, der vergnügt ist, da kann ich in Ruhe die nächste Oma ausrauben. Aber in Wahrheit hüpft hier ein heimlicher Ermittler die Wendeltreppe hinauf, der weiß, dass Jochen Schröder das Schwarze Ass ist!

Max bleibt auf einer Stufe stehen.

Was für eine supergute Detektiv-Tarnung er doch hat! Und die Wilde Sieben erst! Denn wer denkt bei drei Senioren und einem Jungen schon an heimliche Ermittler?

»Jochen Schröder, deine Stunden in Freiheit sind gezählt. Wir kriegen dich, du Schurke!« Auch wenn Max keinen hellgrauen Mantel und keine Sonnenbrille trägt: Hier im Rabenturm hallt seine Stimme so richtig detektivmäßig von den Steinwänden.

Jo-ho-chen.

Schrö-hö-der.

Max hüpft die letzten Stufen zur Wohnungstür hinauf. Am liebsten würde er mit der Wilden Sieben sofort zur Werkstatt von Jochen Schröder marschieren. Aber vorher muss er zum Mittagessen – und dafür muss er sich schnell ein paar andere Schuhe anziehen. Wegen Regel Nummer 22: Im Rittersaal sind Turnschuhe strengstens verboten. Weil die auf dem uralten Holzboden schwarze Streifen machen und weil man in Turnschuhen ständig rennt (Regel Nummer 7: Nicht rennen!).

Oben angekommen, will Max die Wohnungstür aufschließen – doch die ist gar nicht abgeschlossen.

Hä?!

Seine Mama ist bei der Arbeit. Und am Morgen hat Max nach seinem zweiten Kontrollgang die Wohnungstür obergründlich abgeschlossen. So lange, bis der Schlüssel sich nicht mehr nach links drehen ließ!

Moment mal …

Es ist Essenszeit. Alle Bewohner sind im Rittersaal.

Die perfekte Gelegenheit, um einzubrechen!

Max wird heiß. Und dann kalt.

Vielleicht steht Jochen Schröder gerade in Max' Zimmer und zertrümmert sein Sparschwein Messi. Oder er klaut den Schmuck von Max' Mama. Wo die doch eh so wenig hat!

Dieser Schurke!

Dann fällt Max das Schlimmste überhaupt ein: Den Schmuck hat sein Papa seiner Mama geschenkt. Der ist mehr wert als alles Geld der Welt.

Max ballt die Fäuste. Er muss unbedingt verhindern, dass das Schwarze Ass die Erinnerungsstücke an seinen Papa klaut! Seine Mama ist schon traurig genug!

Nur: Wie soll Max allein mit Jochen Schröder fertigwerden?
Verdammter Kackmist!

Jetzt ist es doch nicht mehr so praktisch, dass Max noch ein Junge ist. Wenn er ein Mann wäre, könnte er das Schwarze Ass plattmachen und an die Heizung fesseln.

Max holt tief Luft.

Am besten erst mal die Lage checken.

Also drückt er superlangsam die Klinke der Wohnungstür hinunter und zieht sie vorsichtig einen Spaltbreit auf – da hört er Motzkopf laut und jämmerlich maunzen.

Max' Herz bleibt stehen.

Sein bester Freund befindet sich in der Gewalt vom Schwarzen Ass!

Vielleicht hat Motzkopf versucht, die Wohnung zu verteidigen?! Vielleicht hat ihm das Schwarze Ass mit einem Knüppel eins übergezogen?! Und vielleicht ist Motzkopf jetzt schwer verletzt?!

Ohne nachzudenken, reißt Max die Tür auf und rast in Richtung Wohnzimmer.

Aber was ist das?

Zwischen Motzkopfs jämmerliches Maunzen mischt sich ein anderes Geräusch. Ein Schniefen und Schluchzen.

Max bleibt wie angewurzelt stehen.

Einbrecher weinen nicht!

Das kann bloß …

… seine Mama sein.

Oh nein.

So jämmerlich weint sie doch sonst nur nachts, wenn sie glaubt, dass Max schon schläft!

Irgendwas Schlimmes ist passiert. Und Max weiß, dass er jetzt ins Wohnzimmer laufen muss. Dass er seine Mama trösten muss. Aber am liebsten würde er hier im Flur stehen bleiben und nie erfahren, was das Schlimme ist, das sie so traurig macht.

Weiter, befiehlt Max seinen Beinen, ihr müsst weitergehen! Und seine Beine gehorchen und gehen weiter, und viel zu schnell steht Max im Wohnzimmer. Dort sitzt seine Mama mit gesenktem Kopf auf dem Sofa und scheint gar nicht zu bemerken, dass Motzkopf auf ihren Schoß gesprungen ist und sich laut maunzend an sie drückt.

Der verträgt es auch nicht, wenn sie so tieftraurig ist!

Langsam geht Max ums Sofa herum. Auf den Polstern liegen zerknüllte Taschentücher. Und dazwischen liegen die Hände von seiner Mama. Ganz reglos liegen sie da. Wie zwei Sachen, die jemand vergessen hat.

»Mama?«, flüstert Max, und die Angst lässt einen fiesen Riesenkloß in seinem Hals wachsen. »Mama?«

»Ach, Spatz, ich hab dich gar nicht gehört.« Seine Mama hebt den Kopf. Ihre Augen sind knallrot geweint, und ihre Nase ist zu einer kleinen roten Knolle angeschwollen.

»Was ist denn los?« Max quetscht die Frage mühsam an dem fiesen Riesenkloß vorbei.

»Wir müssen wieder ausziehen«, flüstert seine Mama so leise, dass Max eine Gänsehaut bekommt.

Immer sind die geflüsterten Sätze die allerschlimmsten!

Dein Papa hat uns verlassen.

Wir müssen wieder ausziehen.

»W-w-was?«, stottert Max. Vor lauter Entsetzen wird ihm ein bisschen schlecht.

»Ich bin gefeuert worden.« Seine Mama holt tief Luft. »Ich meine, ich wurde entlassen. Seit zwei Stunden bin ich arbeitslos.«

Max bringt keinen Ton heraus. Er schluckt und schluckt gegen den Riesenkloß an. Die Spucke in seinem Mund schmeckt schon ganz sauer.

»Komm, Spatz, setz dich mal zu mir.« Die eine Hand von seiner Mama klopft sachte aufs Sofa, und so froh Max ist, dass sich die Hand bewegt, er kann jetzt nicht sitzen.

»Warum … warum bist du gefeuert worden?«, flüstert er.

»Die Leute denken …« Seine Mama seufzt. Dann ballt sie die Fäuste. »Die Leute denken, dass ich mit dem Einbrecher unter einer Decke stecke. Dass ich ihm gesagt habe, wo der Schmuck von Frau Butz und Frau Schnellinger ist.«

Seine Mama und das Schwarze Ass?!

Vor Max' Augen dreht sich das Wohnzimmer. Jetzt könnte er Veras beste Rolle mit links spielen und auf der Stelle in Ohnmacht fallen. Auch wenn er keine Dame ist.

»Aber warum denken die Leute denn so einen Scheiß?!« Max boxt mit beiden Händen in die Luft. Irgendwas muss er hauen, sonst platzt er vor Wut!

»Ach, Spatz«, sagt seine Mama, und dabei klingt sie unendlich müde. »Ich habe Frau Butz betreut. Und bei Frau Schnellinger habe ich dreimal ausgeholfen. Ich war als einzige Schwester für beide Wohnungen zuständig, in die eingebrochen wurde.«

»Aber du warst es doch gar nicht!«

»Natürlich nicht!« Seine Mama zieht die Nase hoch. »Nur: Ich bin die neue Schwester. Und die Einbrüche sind erst passiert, seit wir beide hier wohnen. Deshalb will sich keiner von den Senioren mehr von mir betreuen lassen. Sie sagen, ich spioniere sie aus und gebe dann dem Einbrecher Bescheid, wo ihr Schmuck liegt.«

Das Kinn von seiner Mama beginnt zu zittern. Gleich laufen ihr wieder Tränen aus den Augen. Max rast zu ihr, schlingt beide Arme um ihren Hals und drückt sie, so fest er kann.

Niemand darf schlecht über seine Mama reden!

Niemand!

Da fällt ihm ein großes Aber ein.

»Aber es gibt keine Beweise gegen dich! Und Kilian sagt, solange man nichts beweisen kann, ist jeder unschuldig!«

Wenn das sogar für einen Schurken wie Jochen Schröder gilt, dann ja wohl erst recht für seine Mama!

»Das stimmt, Spatz.« Sanft löst sich seine Mama aus der Umarmung und schaut Max mit ihren knallroten Augen ernst an. »Weißt du, es ist ein bisschen so wie in einer Schulklasse. Wenn nur einer anfängt, schlecht über dich zu reden, machen immer mehr mit. Und am Ende will keiner mehr was mit dir zu tun haben. Verstehst du, was ich meine?«

Und ob Max das versteht. Er muss bloß an das Getuschel und die Blicke in seiner alten Klasse denken. Da war es haargenau so.

»Aber du hast nichts getan! Und Erwachsene sind doch viel vernünftiger als Kinder!«

Seine Mama presst die Lippen zusammen und schüttelt den Kopf.

»Leider nicht, Spatz, leider nicht. Die Oberschwester Cordula hat wirklich keine andere Wahl. Ich kann hier nicht arbeiten, wenn die Senioren sich nicht von mir betreuen lassen wollen. Und deswegen müssen wir nächste Woche ausziehen.« Seine Mama schnieft. Und dann lacht sie plötzlich ein trauriges Lachen. »Nur gut, dass ich die Bilder noch nicht aufgehängt habe. Da brauche ich sie gar nicht erst wieder einzupacken!«

Max kann es nicht fassen.

Was für eine oberfiese Ungerechtigkeit!

Vor lauter Sorgen fühlt sich sein Kopf ganz taub an. Trotzdem weiß Max, was zu tun ist: Die heimlichen Ermittler müssen SOFORT zuschlagen und das Schwarze Ass schnappen. Sonst ...

»Ich hab was Wichtiges vergessen! Bis gleich!« Bevor seine Mama etwas antworten kann, schießt Max auch schon aus dem Wohnzimmer und rast den Flur entlang.

Die Wilde Sieben.

Die wird nicht zulassen, dass Max und seine Mama ausziehen müssen.

Niemals!

Horst wird Max seine schwere, warme Hand auf die Schulter legen. Vera wird ihm helfen, die Sorgen aus seinem Kopf zu verscheuchen. Und Kilian wird einen schlauen Plan aushecken, wie sie das Schwarze Ass schnappen können.

Während Max die Wendeltreppe hinunterrast, fühlt er sich schon ein kleines bisschen hoffnungsvoller.

Alles wird wieder gut werden.

Es MUSS wieder gut werden!

Kapitel 16
Ein schrecklicher Verdacht

»Nie im Leben ist Schwester Marion die Komplizin vom Schwarzen Ass!« Vera spricht so laut, dass man sie bestimmt noch am anderen Ende der Burg hört. »Das kann ich mir bei Max' Mama einfach nicht vorstellen!«

Max könnte Vera knutschen!

Er verlässt den Kiesweg und flitzt über die Wiese. Gleich hat er die Parkbank erreicht, auf der sich die Wilde Sieben immer vom Mittagessen ausruht. Durch die Büsche kann er schon Veras feuerroten Mantel leuchten sehen.

»Was für ein Blödsinn!«, schimpft Horst. »Die Leute reden viel zu viel Mist!«

GENAU!

Wenigstens die Wilde Sieben denkt noch vernünftig!

»Nun ja. Wenn man die Sache gründlich betrachtet, dann können wir uns bei Max' Mutter nicht so sicher sein.«

WAS?!

Bei Kilians Worten prallt Max zurück, als wäre er gegen eine unsichtbare Gummiwand gelaufen. Rasch duckt er sich hinter den nächsten Blumenbusch und hält die Luft an. Seine Freunde zu belauschen ist nicht besonders nett, aber das hier ist eindeutig ein Notfall. Max muss wissen, was Kilian denkt!

»Wie meinst du das?«, fragt Vera.

»Wir sind uns doch einig, dass der Einbrecher in Wahrheit einen Schlüssel benutzt hat. Und dass das offene Fenster bloß zur Ablenkung diente.«

»Ja, und?«, fragt Vera weiter.

»Fakt ist: Max' Mutter hat beide Wohnungen betreut. Daher hat sie gewusst, welche Schlüssel passen. Und: Als Schwester ist es für sie kinderleicht, in eine Wohnung zu gehen und den Schlüssel danach in den Schlüsselkasten zurückzuhängen.«

Vor lauter Lauschen hätte Max beinahe das Luftholen vergessen. Er atmet ganz flach, um ja kein Wort zu überhören.

»Willst du damit sagen, dass Schwester Marion den Schmuck vielleicht sogar selbst gestohlen hat?«

Warum klingt Horst auf einmal so, als ob er das auch glaubt?

»Das können wir zumindest nicht ausschließen. Und Fakt ist: Die Diebstähle haben erst angefangen, nachdem Max und seine Mutter auf Burg Geroldseck gezogen sind.«

Ist Kilian verrückt geworden?!

Jetzt soll Max' Mama sogar das Schwarze Ass sein? Was Kilian behauptet, ist ja noch schlimmer als alles, was die anderen Senioren sagen!

Max greift nach den Zweigen vom Blumenbusch. Er muss sich irgendwo festhalten, sonst fällt er augenblicklich um.

»Moment …«, sagt Vera da. »Der gelbe Fingerabdruck auf

der Schlüsselliste stammt eindeutig von einem Mann! Wie passt das denn zu Max' Mama?«

GENAU!

Das muss Kilian doch überzeugen!

»Nicht so voreilig, meine Liebe. Wir wissen nicht sicher, ob der Fingerabdruck etwas mit den Einbrüchen zu tun hat oder ob er einfach so auf die Schlüsselliste gekommen ist. Und deshalb ist Schwester Marion verdächtig.« Kilians strenge Professorenstimme duldet keinen Widerspruch. Und Horst und Vera schweigen.

Dass Schweigen so wehtun kann!

Max würde sich am liebsten auf einen anderen Planeten beamen.

Und seine Mama gleich mit!

Stattdessen hört er Kilians Finger auf das Holz der Parkbank trommeln. Ausgerechnet Kilian, der auch ohne Papa aufgewachsen ist, denkt solche schlimmen Sachen von Max' Mama!

»Das sind die Fakten.« Kilian hat noch nicht genug. »Und als heimliche Ermittler müssen wir uns nach den Fakten richten.«

Oh nein.

Fakt ist nur eines: Max hat sich in der Wilden Sieben getäuscht.

»DU SPINNST!« Max springt mit einem Riesensatz hinter dem Blumenbusch hervor.

Die Wilde Sieben fährt herum.

»MEINE MAMA HAT NICHTS GEMACHT!«

»Musst du uns so erschrecken, Max?! Und so anschreien?« Vera bläst die Backen auf und schüttelt ungehalten den Kopf.

»EUCH IST DOCH ALLES EGAL!« Max muss einfach weiterschreien, sonst erstickt er noch an seiner Wut. »IHR SEID JA SCHON ALT UND SOWIESO BALD TOT!«

»Unverschämtheit!« Kilians Nase zittert vor Empörung.

»Pass auf, was du sagst, Bürschchen!« Horsts Augenbrauen schießen grimmig in die Höhe.

»Pfui, Max! So was Gemeines!« Vera guckt Max böse an.

Aber das ist ihm egal. Die ganze Wilde Sieben kann ihm gestohlen bleiben. Max wird nie wieder ein Wort mit Vera, Horst und Kilian reden. Nie wieder!

Seine Augen beginnen zu brennen, und in seiner Nase kribbelt es verdächtig. Jetzt bloß nicht heulen! Und schon gar nicht vor der Wilden Sieben!

Max dreht sich um und rast los, auch wenn er nicht weiß, wo er eigentlich hinrasen soll. Hauptsache, weg von dieser elenden Parkbank und diesen miesen Verrätern!

Hinter sich hört er die Wilde Sieben rufen.

Sollen sie doch.

Ihn interessiert keinen Mäusefurz, was die noch von ihm wollen!

Die sind eh viel zu alt, um ihn einzuholen.

Max rast durch eines der Gartentürchen und weiter über den Burghof. Er rast so schnell, dass die Kieselsteine nach allen Seiten wegspritzen.

Den alten Knackern wird er's zeigen! Er wird ihnen beweisen, dass seine Mama kein Verbrecher ist!

Max legt noch einen Zahn zu und zischt um die Ecke vom alten Backhaus – da prallt er mit jemandem zusammen. Mit jemand, der nicht besonders groß ist. Und nicht besonders schwer, denn dieser Jemand wird ordentlich zur Seite geschleudert.

»AUA!«

Na super.

Max ist in Laura gerast. Ausgerechnet. Hastig wischt er sich die Tränen aus den Augen. Aber er wird sich jetzt nicht entschuldigen. Für so was hat er gerade keinen Nerv!

Und auch keine Stimme.

»Mann, was war das denn?! Bist du noch ganz dicht?!« Laura reibt sich den Ellenbogen und verzieht das Gesicht. Dann guckt sie Max an. »Alles okay?«

Sie klingt nicht mehr sauer, sondern eher besorgt. Vielleicht hat sie die Tränen in seinen Augen doch bemerkt?

Soll Laura denken, was sie will.

»Hey, du … Ist was passiert?«

»Nö«, sagt Max bloß und kickt ein paar Kieselsteine weg.

»Bist du sicher?«

»Bist du taub?«

»Spinnst du?«, faucht Laura. »Dann halt nicht! Du bist ja schon so bescheuert wie deine Rentner-Freunde!«

»Ich hab keine Freunde. Brauch ich auch nicht!« Max streckt ihr die Zunge raus.

Und schon rast er weiter. Er muss jetzt das Schwarze Ass schnappen!

Ganz allein.

Kapitel 17
Auf eigene Faust

Schaurig. So sieht das Wasser im Burggraben aus. Schaurig schwarz und kein bisschen durchsichtig. Max starrt und starrt, aber er kann nirgendwo bis auf den Grund schauen. Eigentlich könnte es ihm auch egal sein, was dort unten alles herumschwimmt – wenn er nicht gleich durch diese schaurige Brühe waten müsste!

Barfuß!

Max schluckt. Doch vom vielen Starren wird die Sache leider nicht besser. Der Burggraben liegt nun mal genau zwischen ihm und der Rückseite von Jochen Schröders Werkstatt. Und nur dort gibt es ein Fenster, durch das Max den Schurken heimlich beobachten kann. Egal, wie sehr er sich vor der Brühe da unten ekelt, er darf jetzt nicht das kleinste Risiko eingehen! Wenn Jochen Schröder merkt, dass ihm ein heimlicher Ermittler auf der Spur ist, vernichtet er alle Beweise. Beweise, die Max braucht, um seine Mama zu retten!

Seine Mama.

Bestimmt weint sie sich gerade wieder die Augen aus dem Kopf.

Scheiß auf die schaurige Brühe!

Um seiner Mama zu helfen, würde Max sogar von der Burgmauer aus hineinspringen. Mit dem Kopf zuerst!

»Jochen Schröder, ich krieg dich!« Rasch schlüpft Max aus seinen Turnschuhen und versteckt sie hinter einem großen Stein. Dann trippelt er über den spitzen Schotter zum Grabenrand. Wieso muss er ausgerechnet jetzt an Kilians gruselige Glaskästen denken?

Nur gut, dass es in Burggräben keine Schlangen und Skorpione gibt!

Und den Fröschen und Fischen und all dem anderen Viehzeugs wird Max deutlich ankündigen, dass er im Anmarsch ist. Er bückt sich, greift sich eine Handvoll Schottersteine vom Weg und wirft sie vorsichtig ins Wasser.

Nur nicht zu laut!

Die schaurige Brühe wellt sich, und der faulige Geruch wird stärker. Der Burggraben stinkt so fies wie die nassen Sportsocken, die Max mal tagelang in einer Plastiktüte vergessen hat.

Egal.

Wo ist die beste Stelle zum Absteigen?

Nirgends ... Die Grabenwand ist ziemlich steil, und als ob das nicht reichen würde, klebt auch noch überall grüner Algenschmodder. Max weiß, dass der vom Wasser kommt, das Tag für Tag in der Sommerhitze verdunstet. Und dass er übelst glitschig ist.

Wenn jetzt die Wilde Sieben da wäre, könnte die ihn abseilen ...

Nicht an diese Verräter denken!

Ermitteln!

Langsam bewegt Max sich vorwärts. Bei jedem Kletter-schritt hat er das Gefühl, eine Rutschbahn hinunterzulaufen, die irgendjemand mit Schmierseife eingerieben hat.

Langsam, langsam, la… – *ZACK!* – haut es Max die Beine weg, und schon saust er auf seinem Hintern die Grabenwand hinunter und mitten rein in die schaurige Brühe! Vor lauter Schreck vergisst er auch noch, den Mund zuzumachen, und schluckt jede Menge Wasser!

Pfui Teufel!

Max hustet und spuckt und rudert mit den Armen. Seine Hände wirbeln Schlamm auf, und seine Füße schlittern über den Grabenboden.

Verdammte Axt!

Das war kein bisschen unauffällig!

Max würde sich am liebsten selbst eine reinhauen. Da hätte er ja auch gleich in ein Horn tröten und ein Schild hochhal-ten können, auf dem steht: *Jochen Schröder, hier ist der heim-liche Ermittler, der dich schnappen will!*

Aber jetzt muss der heimliche Ermittler zusehen, dass er schleunigst aus dieser schaurigen Brühe rauskommt.

Und zwar unauffällig!

Max rappelt sich auf, wischt sich den Dreck aus den Augen und watet los. Das ist gar nicht so einfach, denn das Wasser reicht ihm bis zu den Schultern. Dieser verflixte Burggraben ist viel tiefer, als er aussieht, und voller Löcher, die Max dau-ernd stolpern lassen.

Da streift etwas Kaltes sein Schienbein.

HILFE!

Nicht mal Agathe hätte Max jetzt so schnell aufscheuchen können! Er krabbelt und klettert auf allen vieren die glitschige Grabenwand hinauf, rutscht ab, stemmt sich wieder hoch, rutscht ab, und weiter, weiter, nur raus aus dieser schaurigen Brühe!

Oben angekommen, lässt er sich keuchend ins Gras fallen. Seine Schienbeine und Knie fühlen sich taub an. Seine Augen brennen. Zwischen seinen Zähnen knirscht Sand. Er ist klitschnass und von oben bis unten voll mit stinkendem Algenschmodder und Schlamm.

So weit die Lage.

Max atmet tief durch. Er fühlt sich wie … wie jemand, der gerade in einen Burggraben gefallen ist.

Da hat er doch glatt gegen Regel Nummer 9 verstoßen!

Dabei hat Max genau bei der laut gelacht und zu seiner Mama gesagt, dass man schon total bescheuert sein muss, um einfach so in einen Burggraben zu fallen!

Nun ja. Jetzt weiß Max es besser. Seufzend setzt er sich auf. Er würde sich gerne ausruhen, aber dafür hat er keine Zeit. Schnurstracks schleicht er durch das dichte Gebüsch zur Rückwand der Werkstatt. Dort drückt er sich neben dem Fenster an das sonnenwarme Holz und lauscht nach allen Seiten.

Nur Vogelgezwitscher – und irgendwo das Brummen eines Traktors.

Sonst ist nichts zu hören.

Max späht durch die Fensterscheibe. Das Schiebetor ist geschlossen. Die Werkstatt ist dämmrig dunkel, nichts bewegt sich. Und kein Jochen Schröder weit und breit.

Da wird Max sich mal ein bisschen umsehen …

Schön blöd von Jochen Schröder, das Fenster gekippt zu lassen! Vor allem, wenn ihm ein heimlicher Ermittler wie Max einen Besuch abstattet! Der hat mit seinen dünnen Armen nämlich schon oft verhindert, dass seine Mama den Schlüsseldienst rufen und viel Geld bezahlen musste. Und heute geht es ja um noch viel mehr!

Entschlossen quetscht Max seinen Arm in den Fensterspalt. Dann presst er den silbernen Hebel nach unten, während er gleichzeitig mit der anderen Hand gegen die Scheibe drückt.

Komm schon …

Komm schon …

Quietschend schwingt das Fenster zurück.

Na bitte!

Max kämpft sich aus seinem nassen T-Shirt. Als er es endlich in der Hand hält, zieht er das Fenster zu sich und wischt mit einem Zipfel sorgfältig seine schlammverschmierten Fingerabdrücke vom Hebel. Denn auch wenn Max für die Gerechtigkeit kämpft: Was er vorhat, ist nichts anderes als ein Einbruch. Und da sollte er keine Spuren hinterlassen!

Und natürlich nicht erwischt werden.

Auf Max' Armen stellen sich die Härchen auf. Ihm ist ganz schön mulmig zumute. Was, wenn Jochen Schröder …

Nicht nachdenken!

Rasch knüllt Max sein T-Shirt zusammen und versteckt es hinter einem großen Holzstück.

So.

Er ist bereit für die heimliche Ermittlung.

Vorsichtig streckt Max seinen Kopf in die Werkstatt. Die Luft riecht nach Benzin und frischer Farbe. Und genau wie die Oberschwester Cordula scheint Jochen Schröder nicht der Ordentlichste zu sein. Die Regale sind vollgestopft mit Werkzeug, und überall stehen Spraydosen und Farbtöpfe herum.

Wieso erzählen die Erwachsenen eigentlich immer, dass Ordnung so toll ist, wenn sie sich selbst nicht dran halten?!

Eine ordentliche Werkstatt wäre Max viel lieber, schließlich muss er so schnell wie möglich Beweise finden.

Aber er kann ja schlecht warten, bis Jochen Schröder aufgeräumt hat!

Und deswegen beschließt Max, seine heimliche Ermittlung mit einem gründlichen Lage-Check zu beginnen. Langsam lässt er seinen Detektivblick von rechts nach links wandern. Er entdeckt die beiden gelben Kleinbusse, von denen Horst erzählt hat. Er entdeckt Türen und Fenster, die wild durcheinander an den Wänden lehnen. Er entdeckt einen Haufen Rollstühle mit fehlenden Rädern. Eine verbogene Tischtennisplatte, einen Rasenmäher, eine Kettensäge, einen Flipperautomaten, zwei Motorräder –

STOPP!

Was war das?

Max traut seinen Augen kaum. Über dem Werkzeugtisch hängt ein Kalender. Und das Monatsfoto zeigt zwei Spielkarten.

Zwei schwarze Asse!

Ist das denn zu fassen?!

Dieser Jochen Schröder muss sich ja supersicher fühlen!

Der Einbrecher will allen zeigen, wie cool er ist. Die schwarzen Asse sind sein Erkennungszeichen. Er fühlt sich unbesiegbar und denkt, dass niemand ihn schnappen kann.

Vera hatte also recht. Und auch wenn Max nie wieder ein Wort mit ihr reden will, das würde er ihr gerne sagen.

Aber erst, wenn das Schwarze Ass hinter Schloss und Riegel sitzt.

Und dafür wird Max jetzt sorgen! Er stemmt sich auf den Fensterrahmen und schwingt seinen Oberkörper in die Werkstatt. Leider gibt es hier keine Matte wie im Sportunterricht, auf die er sich fallen lassen könnte, und der Steinboden sieht ziemlich hart aus.

Einen echten Detektiv darf so etwas nicht abschrecken!

Doch gerade als Max sich hinunterhangeln will, hört er ein Geräusch. Ein Quietschen.

Das Schiebetor.

Es quietscht nicht nur. Es rollt auch zur Seite.

Und Max hängt über dem Fensterrahmen wie ein nasser Waschlappen! Mehr drinnen als draußen!

Fallen lassen, befiehlt sein Kopf, sofort fallen lassen! Und schon kracht Max auf den Steinboden, und bevor er es verhindern kann, rutscht ihm ein lautes »Aua!« heraus.

Das Quietschen verstummt. Das Tor bewegt sich nicht mehr.

»He!«, ruft eine tiefe Männerstimme. »Ist da wer?«

Das war's. Max' letztes Stündlein hat geschlagen!

Müsste jetzt nicht sein ganzes Leben wie ein Film an ihm vorbeiziehen? Stattdessen liegt Max auf dem Steinboden und hat das Gefühl, sich nie wieder rühren zu können. Da braucht Jochen Schröder sich gleich bloß zu bücken und –

NEIN!

So einfach wird es Max dem Schwarzen Ass nicht machen!

Mit letzter Kraft rollt er sich unter den Werkzeugtisch, und auch das Tor rollt weiter zur Seite und schneidet einen breiten Lichtstreifen ins dämmrige Dunkel. Dann verstummt das Quietschen endgültig. Dafür sind jetzt Schritte zu hören. Schwere Schritte.

Max' Herz schlägt so laut, dass es in seinen Ohren dröhnt. Aber zum Glück scheint Jochen Schröder nicht nur unordentlich, sondern auch fast taub zu sein. Sonst hätte er das Pochen längst gehört!

Ein Stein. Ein Stück Holz. Ein Kissen. Ein Teppich.

Wenn Max seinen Kopf mit lautlosen Sachen füllt, wird er vielleicht selbst ganz lautlos.

Ein Stein. Ein Stück Holz.

Da hört Max, wie Jochen Schröder mitten im Zum-Fenster-Gehen stoppt und die Nase hochzieht. Und umdreht. Und wieder die Nase hochzieht. Und näher kommt.

Oh nein. Jochen Schröder zieht nicht die Nase hoch, Jochen Schröder schnuppert!

Der stinkende Algenschmodder!

Dass Max nicht früher daran gedacht hat! Selbst mit einem Schnupfen könnte Jochen Schröder ihn in null Komma nix erschnüffeln!

Max ballt seine Fäuste. Wenn Jochen Schröder ihn packt, wird er sich wehren, so gut er kann.

Erst beißen, dann treten, dann …

Laute, schlurfende Schritte. Sie klingen schon furchtbar nah. Max kneift die Augen fest zusammen.

Gleich …

Moment mal.

Die schlurfenden Schritte gehören nicht zu Jochen Schröder.

»Hi, Jochen«, sagt eine Stimme. »Will nur mein Mofa holen.«

RAPHAEL!

Nie, *nie* hätte Max gedacht, dass er einmal so froh sein würde, Raphaels Stimme zu hören.

»Meinetwegen«, brummt Jochen Schröder, und seine Schuhe bewegen sich langsam von Max' Werkzeugtisch weg. »Hast du das Fenster offen gelassen?«

PUH.

Max lauscht. Die Schritte und Stimmen entfernen sich.

Plötzlich knattert draußen ein Mofa los. Dazwischen ruft Jochen Schröder etwas, und der Motor knattert und knattert. Und da kapiert Max, dass das Mofa nicht wegfährt, sondern auf der Stelle rast.

Vielleicht reparieren die beiden was.

Nichts wie weg! Max krabbelt unter dem Werkzeugtisch hervor.

Und steht vor Jochen Schröder!

Der hält einen Schraubenzieher in der Hand. Und guckt Max an, als ob er noch nie einen Jungen gesehen hätte.

Leider dauert dieser Moment nicht sehr lange.

»Was machst du denn hier?!« Drohend kommt Jochen Schröder näher.

Max starrt ihn an. Selbst wenn er wollte, er könnte jetzt nicht mal Piep sagen, so heftig ist ihm der Schreck in die Glieder gefahren. Vor ihm steht das Schwarze Ass. Und auch wenn Max keine Ahnung hat, wie Einbrecher für gewöhnlich aussehen: Ihm reicht die obergrimmige Miene von Jochen Schröder.

Ob eine Ohnmacht die Rettung ist? So eine gespielte, wie die von Vera in der Drachenhöhle?

Aber Max ist doch kein Schauspieler, der auf Kommando bleich wie ein Gespenst werden kann!

Da verstummt das Mofa, und Raphael kommt durchs Tor gelatscht.

Max hat keine andere Wahl. Er muss es riskieren.

»Ich gehör zu dem«, flüstert er.

»Was? Geht's ein bisschen lauter?« Jochen Schröder legt seine große Hand ans Ohr. Max erstarrt. Denn an der Hand klebt gelber Autolack. Und zwar jede Menge!

Der Beweis befindet sich direkt vor Max' Nase! Nur kann er ja schlecht Jochen Schröders Hand packen und damit abzischen!

»Hallo?!« Jochen Schröder fuchtelt mit dem Beweis durch die Luft. Dann wendet er sich an Raphael. »Ist der Kleine mit dir hier?«

Max wirft Raphael einen flehenden Blick zu. Raphael muss Ja sagen. Er *muss* einfach!

Doch Raphael sagt gar nichts. Er legt bloß eine Zange auf den Werkzeugtisch.

Durch Max' Bauch sausen tausend Achterbahnen. Gleich wird er wirklich ohnmächtig.

»Alles cool, Jochen«, sagt Raphael da endlich und zwinkert Max zu. »Das ist der Sohn von einer der Schwestern.«

»Von wegen cool! Eine Werkstatt ist kein Kinderspielplatz!«, schimpft Jochen Schröder los. Aber er schimpft mit Raphael, nicht mit Max. »Hier liegen gefährliche Sachen rum! Der Kleine hätte sich verletzen können. So ohne T-Shirt und Schuhe!«

»Alles klar. Wir wollten eh grad gehen.« Raphael winkt Max zu sich. Und auf dieses Winken scheinen Max' Beine nur gewartet zu haben. Sie rennen nicht, sie fliegen über den Steinboden der Werkstatt. Und während er fliegt, kann Max sein Glück kaum fassen. Jetzt hat Raphael ihn schon zum zweiten Mal gerettet! Erst vor Ole, dann vor Oles Vater. So einen Freund müsste man haben! Der ist viel cooler als die Wilde Sieben!

»Komischer Kerl, was?«, sagt Raphael draußen und grinst sein lässiges Grinsen. »Wolltest du was mitgehen lassen?«

»Nein, ich wollte …« Max holt tief Luft. »Ich wollte bloß mal gucken. Mir war langweilig.«

»Kann ich verstehen. Was hängst du auch dauernd mit den alten Säcken ab?« Raphael schwingt sich auf sein Mofa. Dann tippt er Max gegen die Stirn. »Du schuldest mir was, Kleiner! Man sieht sich.«

Und schon wieder wird Max von einer stinkenden schwarzen Auspuffwolke eingenebelt. Aber anders als beim letzten Mal ist er einfach nur froh und erleichtert.

Das war verdammt knapp!

Kapitel 18
Solange die dicke Frau
noch singt

Ja, ist das denn zu fassen?!

Entgeistert starrt Max auf den Stein, hinter dem er seine Turnschuhe versteckt hat. Jetzt ist er doch glatt selbst bestohlen worden! Aber welcher Dieb ist so dämlich und klaut so was Wertloses?

Turnschuhe futsch, T-Shirt unerreichbar. Wenn das so weitergeht, kann Max froh sein, wenn er heute Abend noch eine Unterhose anhat!

Er kratzt sich am Kopf. Der getrocknete Algenschmodder hat seine Haare zu steifen Büscheln zusammengeklebt. Überhaupt braucht Max dringend eine Dusche und ein paar Pflaster, denn bei seinem Fenstersturz hat er sich ordentlich die Ellenbogen und Knie aufgeschürft. Zum Glück war die Aufregung so groß, dass er erst jetzt bemerkt, was ihm eigentlich alles wehtut. Und das ist eine Menge!

Max seufzt. Dann trippelt er über den spitzen Schotter zum Burghof zurück. Jede Oma, an der er vorbeikommt, schaut ihn misstrauisch an, und die mit den lilafarbenen Haaren umklammert sogar ihre Handtasche!

Wenn die wüssten, dass er gerade dem Schwarzen Ass gegenübergestanden hat, würden sie ihm zujubeln und sofort eine Limo spendieren. Max kann sich nicht erinnern, wann er jemals so einen fiesen Durst gehabt hat. Anstatt über seine heimliche Ermittlung nachzudenken, denkt er an schäumende Cola. An prickelnde Apfelschorle. An eiskalten –

Da rollt ein Auto auf den Burghof.

Das Polizeiauto vom Kommissar Moser. Der kommt ja wie gerufen! Dem wird Max jetzt alles haarklein erzählen.

Na warte, Jochen Schröder!

Die Tür vom Polizeiauto öffnet sich, und der Kommissar steigt aus. Wie klein der ist! Max ist fast so erstaunt wie beim ersten Mal. Wenn's regnet, kann der Kommissar sich unter Jochen Schröders Achseln stellen!

»Ah, hallo, Max.« Der Kommissar schlägt die Autotür zu. Dann hält er einen Moment inne, und Max sieht, wie ihn die Kommissar-Augen hinter den dicken Brillengläsern abchecken. Wie sie den getrockneten Algenschmodder bemerken, das fehlende T-Shirt, die schlammverschmierte Hose, die aufgeschürften Knie, die nackten Füße. Max verschränkt die Hände hinter dem Rücken. Das machen die Detektive in den Filmen immer, wenn sie besonders detektivmäßig ausschauen wollen.

»Ja … also …« Der Kommissar räuspert sich. »Gut, dass ich dich treffe. Ich muss mit deiner Mutter sprechen.«

Max durchschauert es eiskalt. Ist der Kommissar etwa gekommen, um seine Mama zu verhaften?

»Die ist unschuldig! Jochen Schröder war's! Der Automechaniker! Ich hab Beweise!« Über dem Schreck hat Max total vergessen, dass er nur Fast-Beweise hat. Aber jetzt kann er nicht mehr zurück. »Auf dem Kalender sind zwei schwarze Asse! Und an der Hand klebt gelber Autolack!«

»Wie? Was?« Der Kommissar guckt Max verwirrt an.

Verdammt, das war zu durcheinander!

Noch mal von vorne.

»Ich war in der Drachenhöhle … ich meine, im Büro von der Oberschwester Cordula. Zusammen mit Vera. Und da haben wir die Schlüsselliste untersucht. Weil der Einbrecher doch ganz normal durch die Tür gekommen ist! Und –«

»Stopp!« Der Kommissar schneidet Max einfach das Wort ab. »Eine Einbrecherjagd ist kein Abenteuerspiel! Das Ermitteln überlässt du gefälligst der Polizei! Verstanden?!« Die Kommissar-Augen gucken strenger, als selbst die Oberschwester Cordula es könnte.

Abenteuerspiel?!

Hat der Kommissar sie noch alle?! Hier geht es um Max' Mama! Und darum, dass Max weiß, wer das Schwarze Ass ist!

»Jochen Schröder IST der Einbrecher!« Jetzt fuchteln Max' Hände gar nicht detektivmäßig vor dem Kommissar herum.

Dass der seinen Irrtum aber auch nicht begreifen will!

Wie kann Max ihm bloß klarmachen, dass –

Da packt ihn eine starke Hand am Arm.

»Hör zu, Max«, sagt der Kommissar und lockert seinen Griff ein bisschen. Für so einen Mini-Kommissar fühlt sich seine Hand überraschend groß an. »Deine Mutter wird wegen den Einbrüchen verdächtigt, das stimmt. Und ich kann verstehen, dass du sie verteidigen willst. Aber das gibt dir kein Recht, andere Menschen anzuschwärzen! Verstanden?«

Kilian hatte recht: Der Kommissar ist ein Holzkopf!

»Aber ich –«

»Kein Aber!« Der Kommissar lässt Max los und droht ihm mit dem Zeigefinger. »Die Sache ist wirklich viel zu ernst, als dass du hier Detektiv spielen musst. Und damit basta!«

Ohne eine Antwort abzuwarten, stapft Kommissar Moser zum Westflügel hinüber.

»Das ist kein Spiel!« Max ballt die Fäuste. Und weil er vor Wut fast platzt, sagt er dem Kommissar auch nicht, dass der in die völlig falsche Richtung stapft. In diesem Teil der Burg wird er Max' Mama nicht finden.

Soll er sich Blasen laufen, der Zwergen-Kommissar!

Max dreht sich um und marschiert zum Rabenturm hinüber. Er will jetzt niemanden mehr sehen. Dieser Tag ist ja wohl eindeutig der Weltmeister unter den gebrauchten Tagen! Wenn den nicht schon mindestens zehn Leute hatten, frisst Max einen Besen.

Und zwar quer!

Er ballt die Fäuste und marschiert schneller. In der Nachmittagssonne wirft der Rabenturm einen langen Schatten in den Burghof. Wie ein kühler Teppich, auf dem Max nach Hause laufen kann.

Nach Hause.

Bei dem Gedanken wird ihm ganz elend zumute. Warum stürzt sein Kopf immer nur in aufregenden Situationen ab? Warum nicht jetzt, wenn Max wirklich nichts mehr denken will?

Er stemmt sich gegen die schwere Tür vom Rabenturm und schlüpft ins Innere.

Die Wendeltreppe.

Vor ein paar Stunden ist er die vergnügt hinaufgehüpft. Vor ein paar Stunden hätte Kommissar Moser recht gehabt: Da war die Einbrecherjagd für Max bloß ein aufregendes Abenteuerspiel.

Wie sehr ein paar Stunden ein Leben durcheinanderwirbeln können!

Max will zur Wohnung hinaufsteigen, doch auf einmal kommt ihm die erste Stufe so hoch vor wie ein Berg. Seine Beine beginnen zu zittern, und die Müdigkeit legt sich wie ein schwerer Mantel auf seine Schultern. Mit letzter Kraft kriecht Max in die Nische unter der Wendeltreppe. Dort streckt er sich aus und starrt auf die Steinstufen, die sich über ihm in die Höhe winden. Vor Erschöpfung könnte er glatt eine Runde heulen!

Max schließt die Augen. Er wird einfach hier liegen bleiben und sich nicht mehr rühren. Und irgendwann wird man sein kleines weißes Gerippe finden. Und dann werden alle untröstlich sein. Und Kommissar Moser wird sein Leben lang bereuen, dass er nicht auf Max gehört hat. Und seine Mama wird vor Kummer ganz krumm und schrumpelig werden. Und sie wird jeden Tag frische Blumen an Max' Grab bringen. Und Motzkopf wird vor Sehnsucht nach seinem besten Freund nichts mehr fressen und dünner und dünner werden. Und schließlich wird er sich auf Max' Grab zusammenrollen und an gebrochenem Herzen sterben.

Max zieht die Nase hoch.

Das ist aber auch zu traurig!

»Ja, was haben wir denn da für ein großes Osterei gefunden!«

Max reißt die Augen auf. Über ihm schwebt das Gesicht von Horst und strahlt ihn an. Und keinen Atemzug später tauchen die Gesichter von Vera und Kilian daneben auf.

»Hier hast du dich also versteckt.« Vera lächelt lieb wie immer.

»Weißt du, wie lange wir dich schon suchen?!« Kilian motzt wie immer. »Seit Stunden! Ich kann gar nicht mehr klar denken, so hungrig bin ich! Und warum stinkst du wie ein Rudel Wildschweine? Du siehst ja aus –«

»Kilian!«, sagt Vera streng. Dann lächelt sie Max wieder lieb an. »Wir wollen mit dir reden. Magst du rauskommen?«

Max schüttelt den Kopf und setzt sich auf. Er wird nicht mit der Wilden Sieben reden. Kein einziges Wort!

»Na?« Vera lässt nicht locker. »Bist du sicher?«

Max verschränkt die Arme vor der Brust und starrt stur auf den Steinboden.

»Weißt du was, Mirko? Dann setzen wir uns eben zu dir!« Und schwups – ist Horst unter die Wendeltreppe gekrabbelt und hockt sich neben Max.

»Wie bitte?!« Kilian guckt so verdattert, als hätte Horst ihm vorgeschlagen, sein Tortenstück zu teilen.

»Genau!«, sagt Vera, und ehe Max blinzeln kann, sitzt sie auf seiner anderen Seite, und ihr feuerroter Mantel bedeckt seine Beine.

»Und das mit meinen langen Gräten«, grummelt Kilian. »Wehe, ich komme nachher nicht mehr aus diesem … diesem … Loch!«

»Dann lassen wir dich hier sitzen und gehen ohne dich zum Abendessen!« Vera zwinkert Max fröhlich zu. Und das macht es ganz schön schwer, wieder stur auf den Steinboden zu starren. Max' Mundwinkel beginnen zu zucken. Und das Zucken wird sogar noch stärker, als er sieht, wie umständlich Kilian seine langen Beine zusammenfaltet und unter die Wendeltreppe kriecht. Wie er mit seinem wuscheligen weißen Professorenkopf Spinnwebe für Spinnwebe von den Steinstufen abräumt.

»Heiliger Bimbam!«, schimpft Kilian. »Warum kannst du dich nicht auf einer gemütlichen Bank im Burggarten verstecken?«

»Schscht!«, macht Vera und legt ihre kühle Hand auf Max' Arm. »Du hast uns vorhin falsch verstanden, Max.«

Was gab's denn da falsch zu verstehen?!

»Aber *er* denkt, dass meine Mama das Schwarze Ass ist!« Wütend zeigt Max auf Kilian, und dabei pikt er ihm beinahe in den Bauch, so nah sitzen sie alle beieinander.

»Du bist ein blöder Heini!« Kilian schüttelt den Kopf, und die Spinnwebenfetzen in seinem Haar wippen wie Mini-Antennen auf und nieder. »Ich habe gesagt, dass wir nicht *ausschließen* können, dass deine Mama das Schwarze Ass ist. Und wenn du zur Abwechslung mal das Ding zwischen deinen Ohren benutzen würdest, dann wüsstest du, dass ich recht habe. Ich habe aber *nicht* gesagt, dass ich das auch wirklich glaube! Verdammt!«

Kilian funkelt Max zornig an. Und Max wird mit einem Schlag klar, dass Kilian mindestens so sauer auf ihn ist wie er auf Kilian.

»Für was für einen herzlosen Unhold hältst du mich eigentlich?! Nur weil ich hier als Einziger bei Verstand bleibe, wenn's für deine Mama brenzlig wird?«

Max schluckt. Er hat überhaupt nicht daran gedacht, wie

schlimm es sich für Kilian anfühlen muss, dass Max ihm so was Gemeines zutraut.

»Ich hab halt …« Max knibbelt getrockneten Algenschmodder von seiner Hose. »Wie du das gesagt hast, hab ich gedacht, du meinst das in echt. Also, dass meine Mama das Schwarze Ass ist.«

»Fakten, Max! Die sind für einen Detektiv das A und O!« Kilian sagt es mit seiner strengen Professorenstimme. Aber seine Augen gucken Max freundlich an. »Und was habe ich dir schon tausend Mal gesagt? Du musst einen kühlen Kopf behalten! Sonst ist es für deine Mama zu spät! Verstanden?«

»Ja«, flüstert Max, und die Erleichterung lässt Kilians Gesicht vor seinen Augen verschwimmen. Er ist unendlich froh, dass er sich doch nicht in der Wilden Sieben getäuscht hat.

So froh!

»Uns ist nämlich noch was Wichtiges eingefallen.« Veras Hand streichelt Max' Arm. Bestimmt hat sie seine Erleichterung bemerkt. »Wir haben den Einbrecher ja kurz gesehen, bevor ihr in die Wohnung hinübergelaufen seid. Du erinnerst dich?«

Wie könnte Max das vergessen?!

»Und obwohl das Schwarze Ass eine Strumpfmaske getragen hat«, fährt Vera fort, »kann ich dir sicher sagen, dass es ein Mann ist. Dazu brauche ich nur zu sehen, wie sich jemand bewegt. Und deine Mama bewegt sich völlig anders als der Einbrecher!«

»Keiner kann Menschen besser beobachten und ihre Körpersprache lesen als Vera.« Horst schnalzt begeistert mit der Zunge. »Das ist so ein Schauspieler-Ding. Wenn Vera sagt, dass es nicht deine Mama war, dann war sie es auch nicht!«

»Das müsst ihr sofort Kommissar Moser sagen!« Mit einem Mal ist Max ganz aufgeregt.

»Haben wir schon. Dieser unverschämte Holzkopf hat uns einfach stehen lassen! Der hält uns für alte Trottel, die sich bloß wichtigmachen wollen!« Kilian schüttelt so grimmig den Kopf, dass die Spinnwebenfetzen nur so flattern.

Verdammt.

Dieser Kommissar ist aber auch eine harte Nuss!

»Keine Sorge! Solange die dicke Frau noch singt, ist die Oper nicht zu Ende!« Vera tätschelt Max' Arm.

Hä?

Was meint sie denn damit?

Max guckt Horst und Kilian fragend an.

»Das ist so ein Schauspieler-Spruch«, erklärt Horst. »Das heißt, dass man niemals aufgeben darf. Auch wenn man drei null hinten liegt.«

Das versteht Max besser.

»Können wir jetzt *endlich* aus diesem Loch raus?« Kilian pflückt sich eine kleine Spinne aus dem Haar und setzt sie behutsam auf dem Boden ab. »Hier kommt man sich ja vor wie in einem Kerkerverlies. Wenn wir Max' Mama retten wollen, brauchen wir einen neuen Schlachtplan. Und dafür muss ich dringend was essen!«

Kapitel 19
Antäuschen und schießen

Kilians Kakao ist wirklich das reinste Wundermittel!

Mit jedem Schluck fühlt Max sich besser. Und dass er wieder zwischen Horst und Vera auf Kilians kleinem Sofa sitzt, macht alles noch schöner. Obwohl der getrocknete Algenschmodder ziemlich fies stinkt, sitzen die beiden ganz nah bei ihm und tun so, als würden sie das nicht riechen.

Max holt tief Luft. Er muss jetzt dringend etwas hinter sich bringen.

»Es tut mir leid, was ich vorhin gesagt hab.« Max räuspert sich. Und weil er weiß, dass es Vera freut, achtet er auf seine Stimme und spricht laut und deutlich. »Also, dass ihr bald tot seid. Das hab ich nicht so gemeint. Wirklich nicht! Ich hoffe, dass ihr noch viel älter werdet! Ehrlich!«

Die Wilde Sieben guckt Max mit vollen Backen an.

Vera schluckt ihren Keksbissen hinunter. »Entschuldigung angenommen.«

»Schwamm drüber!« Horst winkt ab. »Freunde dürfen sich auch mal streiten. Ein Gewitter reinigt die Luft!«

Kilian nickt. »Nicht übel, wie du deine Mama verteidigt hast! Gar nicht übel!«

Aber so richtig kann Max sich nicht über Kilians Lob freuen. Was nutzt es seiner Mama, dass er sie verteidigt – wenn alle sie weiter für verdächtig halten?

Er starrt in seinen Kakao.

Was sie wohl gerade macht?

Vielleicht sitzt sie mit Kommissar Moser am Küchentisch und wird verhört. Vielleicht schreibt sie Max einen Zettel, auf dem steht:

Bin verhaftet, Brot und Käse im Kühlschrank.

Hastig nimmt Max einen großen Schluck Kakao.

»Das Problem ist ...« Er seufzt. »Kommissar Moser will überhaupt nicht hören, was ich in Jochen Schröders Werkstatt entdeckt hab. Dabei bin ich extra dort eingebrochen!«

»Du bist was?!« Vor Überraschung vergisst Kilian, sich den nächsten Keks in den Mund zu stecken.

Richtig. Max hat der Wilden Sieben ja noch gar nichts von seiner heimlichen Ermittlung erzählt!

»Holla, die Waldfee!« Horst stößt einen Pfiff aus. »Mein lieber Magnus, du hast es faustdick hinter den Ohren! Dabei siehst du aus, als könntest du kein Wässerchen trüben.«

So beeindruckt, wie die Wilde Sieben ihn anschaut, freut Max sich jetzt doch ein bisschen über das viele Lob.

»Na los!«, ruft Vera aufgeregt. »Erzähl!«

Und das tut Max. Und die Wilde Sieben macht »Ah« und

»Oh«, und an den besonders spannenden Stellen bekommt Max selbst eine Gänsehaut.

Das war wirklich verdammt knapp!

»Mutig gestürmt! Und sauber abgeschlossen!« Horst klingt so zufrieden, als hätte er Max persönlich für diesen Einbruch trainiert.

»Eine schlaue Ausrede, dass du zu Raphael gehörst! Das hätte ich nicht besser improvisieren können!« Vera strubbelt Max durch die Haare. Hoffentlich kommt sie nicht auch noch auf die Idee, ihn zu küssen. Omas ist in dieser Hinsicht nicht zu trauen!

»Dass in Jochen Schröders Werkstatt ein Kalender mit zwei schwarzen Assen hängt, ist wirklich seltsam.« Kilian knabbert nachdenklich an seinem Keks. »Um nicht zu sagen: verdächtig.«

»Ich weiß nicht«, brummt Horst und kratzt sich am Kinn. »Das könnte weiterhin alles reiner Zufall sein!«

»Hm.« Kilian angelt sich einen neuen Keks aus der Schachtel. »Trotzdem. Wir sollten uns Jochen Schröder mal genauestens vornehmen. Was wissen wir eigentlich über ihn? Außer, dass er unser Mechaniker ist.«

»Er springt ab und zu als Fahrer ein und fährt uns mit den Kleinbussen in die Stadt. Was bedeutet …« Vera hält inne. Dann legt sie ihre Stirn in viele Falten. »Was bedeutet, dass er oft ins Schwesternzimmer muss, um sich wegen der Fahrten mit den Schwestern abzusprechen!«

»Was wiederum bedeutet«, ergänzt Kilian, »dass es ein

Leichtes für Jochen Schröder ist, einen Schlüssel aus dem Schlüsselkasten zu klauen. Und unbemerkt zurückzuhängen.«

»Natürlich!«, ruft Vera. »Aber das ist noch nicht alles! Wenn Jochen Schröder uns fährt, hört er auch, was wir reden. Ihr wisst, wie viel hier getratscht wird.«

Da hat sie recht. Max muss nur an die Omas denken, die jeden Tag in den Liegestühlen auf der Festwiese sitzen und stundenlang reden und reden. Und reden.

Dass denen das nicht zu anstrengend wird!

»Und vielleicht hat Jochen Schröder auf diese Weise erfahren, welche der Omas wertvollen Schmuck besitzt. Manche reden ja den ganzen Tag von nichts anderem.« Vera schnaubt. »Ganz besonders Gerlinde Butz und diese Anneliese Schnellinger! Dabei weiß jeder …«

»Und dann hat Jochen Schröder auf der Schlüsselliste geguckt, welche Nummer zu welcher Wohnung gehört«, unterbricht Max Vera vorsichtig. Die heimlichen Ermittler müssen jetzt hoch konzentriert bleiben!

»Ja!« Horst nickt. »Und dabei hat er den gelben Fingerabdruck auf der Schlüsselliste hinterlassen!«

»Es passt wirklich alles zusammen.« Vera hat sich wieder beruhigt.

»Mag sein, doch das Dumme ist: Wir haben keinen einzigen Beweis. Nur Vermutungen.« Kilian zerbröselt grimmig seinen Keks.

»Aber wir müssen die Wahrheit beweisen!« Max springt

auf. »Sonst müssen meine Mama und ich nächste Woche ausziehen!«

Die Wilde Sieben sagt kein Wort.

Vera nagt an ihrer Unterlippe.

Horst knetet seine Fäuste.

Und Kilian stopft sich gleich zwei Kekse in den Mund.

Verzweifelt läuft Max vor dem kleinen Sofa auf und ab. Herr Bonifaz, sein alter Mathelehrer, hat immer gesagt, dass man im Gehen besser denken kann. Doch leider spürt Max davon nichts. Egal, wie sehr er sich anstrengt: Seinem Kopf will einfach kein neuer Schlachtplan einfallen.

Da springt Horst plötzlich auf und hüpft so verrückt durch Kilians Dschungel, als wäre er in einen Ameisenhaufen gefallen.

»Ich hab's! Ich hab's!«, jubelt er. »Antäuschen und schießen! Das ist die Lösung!«

Obwohl Max nur Bahnhof versteht, beginnt sein Herz wild zu klopfen. Er kann kaum atmen, so gespannt ist er auf Horsts Lösung.

»Leute«, flüstert der und guckt sich nach allen Seiten um, als fürchtete er, Jochen Schröder könnte hinter einem von Kilians Pflanzenbüschen hocken und sie belauschen. »Wir stellen dem Schwarzen Ass eine Falle!

Wir erzählen überall herum, dass Vera ihren wertvollen Schmuck in ein paar Tagen in einen Banksafe tun will. Dann legen wir uns in meiner Wohnung auf die Lauer und überwachen vom Fenster aus Veras leere Wohnung. Wenn wir Glück haben, schlägt der Einbrecher wieder zu. Und dann schnappen wir ihn!«

Einen Moment herrscht atemlose Stille.

Bis Vera vom Sofa hochfährt.

»Die aufgeregte Diva!«, ruft sie, und ihre hellgrünen Augen funkeln und blitzen. »Eine meiner besten Rollen! Gebt mir *einen* Auftritt im Rittersaal, und *jeder* auf dieser Burg weiß über meine angeblichen Juwelen Bescheid! Auch Jochen Schröder!«

Wenn das nicht ein genialer neuer Schlachtplan ist!

Max kracht ein ganzes Gebirge von den Schultern. Ach was! Alle Gebirge dieser Welt! Er rast zu Horst und umarmt ihn, so fest er kann.

Vielleicht ist doch noch nicht alles aus!

Kapitel 20
Ein echtes Versprechen

»… kein Balkon … kein Garten … Ich verstehe.«

Seine Mama telefoniert immer noch! Max seufzt und drückt die Wohnungstür hinter sich zu.

Ihr Ohr muss ja schon glühen!

Bestimmt wedelt sie ihn gleich mit ihren Armen ins Bett, so wie sie ihn vorhin auch zum Abendessen gewedelt hat. Und dann erfährt er *wieder* nicht, was Kommissar Moser von ihr wollte!

»Nein, mein Sohn spielt nicht Trompete … Nein, er singt nie.«

Die Stimme von seiner Mama klingt so gepresst und höflich, als würde sie mit Max' Tante telefonieren und auf keinen Fall streiten wollen. Langsam folgt Max dem Telefonkabel durch den Flur.

Aus der Steckdose ziehen müsste er das verdammte Ding!

Dann könnte seine Mama nicht mehr wegen einer neuen Wohnung herumtelefonieren. Aber natürlich zieht Max das Kabel nicht aus der Steckdose, sondern geht bloß weiter Richtung Küche.

»Nein, nein, mein Sohn kickt keine Bälle gegen die Hauswand. Mein Sohn hasst Fußball!«

Max bleibt stehen. Er *liebt* Fußball. Und er kickt gerne Bälle gegen Hauswände. Seine Mama muss diese Wohnung wirklich unbedingt haben wollen, denn sie lügt nur im Notfall.

»Selbstverständlich ist er nett zu Mädchen! … Nein, er lässt nicht überall sein Fahrrad herumliegen.«

Dieser Jemand am anderen Ende der Leitung könnte ja glatt die Oberschwester Cordula sein!

Leise betritt Max die Küche. Dort sitzt seine Mama mit dem Telefon und einer zusammengefalteten Zeitung auf der Fensterbank. Sie trägt ihre Feierabendbrille, und ihre Haare sehen so verstrubbelt aus, als wäre der Föhn explodiert.

»Mein Sohn ist NEUN, er raucht bestimmt nicht! Wissen Sie was? *So* dringend brauchen wir die Wohnung auch wieder nicht. Guten Abend!«

Und *PENG*, hat seine Mama den Hörer auf die Telefongabel geknallt. Sie knurrt und rauft sich mit beiden Händen die Haare. Dann nimmt sie ihren Filzstift und streicht eine der Wohnungsanzeigen durch. Die ganze Zeitung ist voller roter Kreuze.

Und die Stirn von seiner Mama ist voller tiefer Falten.

Max weiß, dass die sofort verschwinden würden, wenn er ihr von dem genialen Schlachtplan erzählen dürfte! Und wie gut es mit dem schon losgegangen ist! Beim Abendessen haben alle im Rittersaal gehört, wie sehr sich Vera wegen ihrem wertvollen Schmuck aufgeregt hat. Selbst die Ober-

179

schwester Cordula kam angerannt und hat Vera gefragt, ob sie sich nicht lieber beruhigen will. Wo sie doch so einen schwachen Kreislauf hat!

Wie leicht man die Leute täuschen kann ...

Aber all das darf Max seiner Mama natürlich nicht erzählen, denn für die »Operation Mausefalle« haben die heimlichen Ermittler die oberste Geheimhaltungsstufe festgesetzt! Und so wird er jetzt den Rat befolgen, den Horst ihm nach dem Abendessen gegeben hat: den Ball flach halten und so wenig wie möglich sagen. Nichts darf den genialen Schlachtplan gefährden! Vor allem keine Mama, die sich einmischt!

»Hast du sie noch alle?!« Seine Mama funkelt ihn von der Fensterbank aus wütend an.

Huch!

Hat sie etwa mal wieder Max' geheime Gedanken gehört?

»Zu Kommissar Moser zu rennen und zu behaupten, dass Jochen Schröder der Einbrecher ist! Bist du verrückt geworden?!«, schimpft seine Mama und tippt sich gegen die Stirn. »Hast du eine Ahnung, wie peinlich das vorhin für mich war?«

Na super. Jetzt ist Max der Depp – bloß weil Kommissar Moser so ein Holzkopf ist!

»Was wollte der denn von dir?« Das ist eine sachliche Frage. Und seine Mama sagt immer, dass Max bei einem Streit darauf achten soll, nur sachliche Sachen zu sagen. Weil sich dann alle abregen und man vernünftig miteinander reden kann.

180

»WAS DER VON MIR WOLLTE?!« Seine Mama springt von der Fensterbank und fuchtelt mit den Armen. »Er wollte wissen, ob ich mit dem Einbrecher unter einer Decke stecke. Was sonst?!« Sie knallt das Fenster zu.

»Dass mich jetzt sogar die Polizei verdächtigt, wird sich rumsprechen.« Seine Mama öffnet den Kühlschrank und schließt ihn wieder, ohne etwas herauszunehmen. »Und dann kann ich mir eine neue Arbeit abschminken! Kein Seniorenheim wird mich mehr haben wollen!«

Max' Bauch krampft sich zusammen, als wäre er leer und nicht randvoll mit Abendessen gefüllt. Immer wenn er denkt, die Lage könnte nicht schlimmer werden, wird sie es wie auf Kommando doch!

»Aber egal, was passiert: Du hörst sofort auf, irgendwelche Leute zu verdächtigen. Haben wir uns verstanden?«

Max ist ja nicht taub!

»Ja«, murmelt er und zieht den Kopf ein.

»Und kannst du mir bitte sagen, was die am Burggraben zu suchen hatten?« Seine Mama deutet in die Ecke neben der Küchentür. »Die hat die Oberschwester Cordula abgegeben.«

Seine Turnschuhe.

Die Oberschwester Cordula war also der Dieb!

»Sie sagt, dass du mit der Wilden Sieben was für die Schule machst. Stimmt das?«

Bevor Max sich entscheiden kann, ob er nicken oder eine neue Ausrede erfinden soll, redet seine Mama weiter.

»Was ist eigentlich mit deinen Haaren passiert? Und was ist das für ein riesiges Hemd, das du da anhast?!«

Max seufzt. Er hatte schon gehofft, dass seine Mama den getrockneten Algenschmodder und Kilians Safarihemd vor lauter Ärger gar nicht bemerken würde.

»Das Hemd ist von Kilian. Ich bin beim Spielen in den Burggraben gefallen, und deswegen …« Max klappt seinen Mund zu.

Den Ball flach halten!

»Ehrlich gesagt …« Die Stirn von seiner Mama bekommt neue tiefe Falten. Sie räuspert sich. »Die Wilde Sieben scheint dir nicht gutzutun. Versprich mir, dass du dich nicht mehr mit den dreien triffst. Dass du lieber mit Ole spielst, solange wir noch hier sind.«

Da hat Max ja wohl keine andere Wahl!

»Versprochen«, sagt er und kreuzt schnell die Finger hinter seinem Rücken. Seine Mama anzulügen ist wirklich nicht besonders fein. Aber ihm bleibt nichts anderes übrig. Und während Max sie anschaut, als ob er kein Wässerchen trüben könnte, gibt er ihr in Gedanken noch ein echtes Versprechen: Er wird mit der Wilden Sieben alles tun, um das Schwarze Ass zu schnappen!

Kapitel 21
Auf der Lauer

Kann man vor Langeweile sterben?

Max ist sich sicher: Wenn das mit dem Auf-der-Lauer-Liegen so weitergeht, könnte ihm das glatt passieren!

Es ist zum Verrücktwerden! Seit *zwei* Tagen sitzt er sich von morgens bis abends an Horsts Wohnzimmerfenster den Hintern platt und späht durch die Gardinen zu Veras Wohnung hinüber – und nichts passiert.

NULL KOMMA GAR NICHTS.

Dabei ist das Auf-der-Lauer-Liegen immer die beste Stelle in den Fernsehkrimis: Die Kommissare setzen sich in ihr Auto und wollen gerade in ein Brötchen beißen – *zack!* – da kommt der Verdächtige um die Ecke gelatscht und tappt in die Falle. Und dann rennen alle durch die Gegend und springen von Hausdach zu Hausdach, und es wird geschossen und …

»… damit man *ein* Kilo Honig ernten kann, müssen die Bienen 80 000 Mal ausschwärmen!« Kilian schnalzt mit der Zunge. »Stell dir das mal vor, Max: 80 000 Mal!«

Nein, das wird Max sich ganz bestimmt nicht vorstellen!

Zuerst war er ja ziemlich erleichtert, als Horst für ein kurzes Sportprogramm losgedüst ist und ihn mit Kilian allein gelassen hat. Denn vor lauter Fußballgeschichten wäre Max noch der Kopf geplatzt! Horsts Wohnzimmer ist das reinste Vereinsheim – und zu jedem seiner goldenen und silbernen Pokale hatte er eine Geschichte auf Lager. Und die endete immer und immer mit demselben Satz: »Was lernen wir daraus, Michel? Wenn du gewinnen willst, musst du fest an dich glauben!«

Nie hätte Max gedacht, dass man beim Fußball so viel glauben muss! Das ist ja fast wie im Religionsunterricht!

»… und bei den alten Ägyptern wurde sogar mit Honig bezahlt!«

Kilian weiß einfach zu viel. Seit Horst durch den Wald trabt, hört Max nur eines: Honig und Bienen. Bienen und Honig.

Dann doch lieber Fußball!

Unauffällig schielt er auf die große Pokaluhr an Horsts Wand.

Noch eine *ganze* Stunde bis zum Abendessen! Von den heimlichen Ermittlern ist Max neben Vera der Einzige, der das Fenster verlassen und zu den Essen gehen darf. Weil sein Fehlen seiner Mama auffallen würde – was wiederum den genialen Schlachtplan gefährden könnte!

Aber was, wenn das Schwarze Ass gar nicht in die Falle tappt? Was, wenn es überhaupt nicht auftaucht?

Darüber will Max lieber nicht nachdenken.

»… und die Römer haben sich mit *Mella fluant tibi!* begrüßt. *Möge dir der Honig fließen.*«

Wenn wenigstens Vera hier wäre! Die würde Max bestimmt spannendere Sachen aus ihrer Zeit als berühmte Schauspielerin erzählen. Vielleicht hat sie ja auch mal in einem Krimi mitgespielt? Oder in einem Agentenfilm? So einem mit sprechenden Autos und schießenden Kugelschreibern und Regenschirmen, die sich auf Knopfdruck in Schwerter verwandeln. Max unterdrückt ein Seufzen. Von *solchen* Geschichten würde ihm sicher nicht der Kopf platzen.

Doch im Augenblick spielt Vera den Käse in der Mausefalle für Jochen Schröder. Und so sitzt sie gut sichtbar mit ihrer Staffelei auf der Festwiese und malt ein Bild von Burg Geroldseck. Das hat sie gestern Max gezeigt, und da musste er schon wieder notlügen und sagen, dass es ihm gefällt. Dabei kann man die Burg auf Veras Bild kaum erkennen! Ganz verschwommen sieht sie aus. Ein bisschen so, als ob Vera beim Malen durch eine regennasse Autoscheibe geguckt hätte, bei der die Scheibenwischer kaputtgegangen sind.

»Verdammt!« Kilians Ausruf lässt Max hochschrecken. »Ich Dummbeutel habe mein Fernglas vergessen! Damit könnten wir besser in Veras Wohnung gucken. Und ich könnte dir ein paar Vögel zeigen. Du glaubst nicht, wie spannend die Vogelwelt ist!«

Das glaubt Max in der Tat nicht. Vögel zwitschern und fliegen. Was bitte ist daran spannend, wenn man kein Professor ist?

»Ich gehe schnell zu mir und hole es. Du hältst so lange die Stellung!« Ächzend steht Kilian auf und reckt und streckt seinen langen Rücken. Dann guckt er Max streng an. »Aber du unternimmst nichts ohne mich! Ganz egal, was passiert. Verstanden?«

Max nickt. Was soll auch groß passieren? Außer, dass er doch noch vor Langeweile stirbt.

Die Wohnungstür klappt zu, und Max rutscht auf Kilians Stuhl hinüber. Denn natürlich hat der sich die beste Späherposition ausgesucht!

Max starrt durch die Gardinen.

Max baumelt mit den Beinen.

Max gähnt.

Max seufzt.

Max guckt zur Pokaluhr.

Max kratzt sich am Kopf.

Max kratzt sich an den Armen.

In Veras Wohnung wird ein Fenster geöffnet.

Max pfeift vor sich hin – Moment mal! Hat er das eben richtig gesehen? DAS FENSTER WURDE GEÖFFNET!

Vor Schreck wird Max so schwindelig, dass er sich an Kilians Stuhl festklammern muss. Trotzdem schafft er es, ganz genau hinzugucken: In Veras Wohnzimmer schleicht eine dunkle Gestalt umher. Eine Gestalt mit einer schwarzen Strumpfmaske über dem Gesicht!

DAS SCHWARZE ASS SCHLÄGT WIEDER ZU!

Warum muss Kilian ausgerechnet jetzt sein Fernglas holen?! Und warum ist er nicht schon längst zurück?

Hilfehilfehilfe!

Max darf sich nicht länger an Kilians Stuhl klammern, als würde der eine Achterbahn hinuntersausen – er muss JETZT handeln!

Die Polizei!

Wo hat Kilian bloß das schnurlose Telefon hingelegt?!

Max springt auf und guckt sich hektisch danach um. Aber er kann es nirgendwo entdecken. Und als er sich wieder zum Fenster umdreht, ist auch noch die dunkle Gestalt aus Veras Wohnzimmer verschwunden.

Oh nein.

Was, wenn das Schwarze Ass Veras Schmuck nicht so lange suchen will, wie erwartet? Und unerkannt entwischt?

Dann ist alles aus!

Verdammt. Verdammt. Verdammt!

Es sei denn …

Max tritt dem Schwarzen Ass allein entgegen!

Kapitel 22
Das Schwarze Ass

Kann man vor Aufregung sterben?

Max' Herz muss in seinen Kopf gehüpft sein, so stark hämmert es gegen seine Stirn und pocht es in seinen Ohren. Seine Beine schlottern, und seine Hände sind klitschnass geschwitzt. Wenn er auf dem Weg hierher doch nur jemanden getroffen hätte! Jemand, der jetzt die Polizei rufen könnte – während Max das Schwarze Ass aufhält. Eine einzige Oma hätte schon gereicht! Aber nein, natürlich war auf dem ganzen Flur bloß eines anzutreffen: Ruhe und Frieden!

Verdammt!

Soll Max noch einmal zu einer anderen Wohnung flitzen und Sturm klingeln?

Nein. Jede Sekunde zählt! Er darf nicht riskieren, dass das Schwarze Ass entwischt. Nicht, bevor Kilian ihm zu Hilfe kommt!

Hoffentlich.

Aber egal, wie groß Max' Angst ist – seine Entschlossenheit ist größer. Er *muss* seine Mama retten! Und deswegen muss er seine schlotternden Beine jetzt schleunigst dazu bringen, durch den Türspalt in Veras Wohnung zu huschen.

Max beißt die Zähne zusammen und nimmt die Fäuste hoch, wie er es bei Horst gesehen hat. Dann setzt er die grimmigste Miene auf, die er hinkriegt, und schiebt sich durch den Türspalt in Veras Flur. Leider gibt es hier keinen Spazierstock, mit dem er sich bewaffnen könnte.

Dieser Flur ist ja das reinste Museum!

Sicherheitshalber greift sich Max eine Holzfigur und hält sie vor sich wie ein Schwert. Wie ein minikurzes Schwert. Aber immer noch besser, als wenn er versucht, mit einem dieser bunten Bilder um sich zu schlagen!

Lautes Scheppern.

Dann ein unterdrücktes Fluchen.

Aus Veras Küche.

Das Schwarze Ass!

In Max steigt die Angst hoch wie eine dunkle Gewitterwolke. Wenn er nicht sofort weiterläuft, kann er sich gleich nicht mehr von der Stelle bewegen. Weiter! Weiter! Seine zittrigen Beine gehorchen und schleichen ins Wohnzimmer. Und von dort Richtung Küche. Max drückt sich gegen den Türrahmen und späht vorsichtig um die Ecke. Das Schwarze Ass hat Veras Schränke aufgerissen und wühlt sich gerade durch die Schublade mit dem Silberbesteck.

Was soll Max jetzt machen? Soll er dem Einbrecher auf den Rücken springen und sich festklammern, bis Hilfe kommt? Oder ihn niederschlagen und an Veras Heizung fesseln?

189

Doch da wirbelt das Schwarze Ass herum. Max zuckt zurück.

Zu spät.

Das Schwarze Ass hat ihn entdeckt!

HILFE!

Von so nah sieht das Strumpfmaskengesicht noch viel gruseliger aus! Vor allem die Augen, die ihn aus den beiden Löchern anstarren. Max' Nackenhaare richten sich auf, als hätte ihn jemand elektrisch aufgeladen.

»Was willst *du* denn hier?«

Max traut seinen Ohren kaum. Er kennt diese Stimme! Aber es ist nicht die von Jochen Schröder. Es ist die Stimme von …

»RAPHAEL?!« Vor lauter Überraschung lässt Max beinahe die Holzfigur fallen. Das Schwarze Ass war direkt vor seiner Nase! DIE GANZE ZEIT! Und er hat sogar mit ihm geredet! Und sich so einen coolen Freund gewünscht!

Dass Max das nicht früher kapiert hat! Der gelbe Fingerabdruck! Das Mofa in der Werkstatt von Jochen Schröder!

Und wegen diesem rasenden Irren wurde seine Mama gefeuert!

Doch darüber darf Max jetzt nicht nachdenken, denn dieser rasende Irre reißt sich die Strumpfmaske vom Gesicht und kommt auf ihn zu. Langsam und drohend.

»Du wirst mich nicht verraten, Kleiner!« Raphael zischt wie eine Schlange. »Ich hab dir zweimal den Arsch gerettet! Also, zieh Leine und vergiss, was du hier gesehen hast!«

Genau das wird Max auf keinen Fall tun! Denn auch wenn er alles Kommissar Moser erzählt … der glaubt ihm nie! Max muss Raphael festhalten!

Die Sache hat nur einen Haken: Wie soll Max mit Raphael fertigwerden? Wo der mindestens drei Köpfe größer ist? Und mit Sicherheit viel, viel stärker?

Max hat keine Ahnung. Er tut einfach das, was ihm als Erstes einfällt.

»Nein«, krächzt er. »Ich sage Kommissar Moser, dass du das Schwarze Ass bist!«

Ob Raphael sehen kann, dass Max' Knie vor Angst schlottern?

Bestimmt. Denn auf seinem Gesicht erscheint das breite Bananengrinsen.

»Ach ja? Das traust du dich nicht. Dann mach ich dich nämlich fertig.« Raphael sagt das ganz ruhig. Und jetzt steckt er sogar die Hände in die Hosentaschen! So als ob Max und er sich bloß freundlich unterhalten würden!

Du musst dir mehr Respekt verschaffen.

Vera!

Lass dich nicht so hängen. Steh gerade. Und beide Füße fest auf den Boden. Zeig, wer du bist!

Und Max tut, was Vera in seinem Kopf gesagt hat: Er richtet sich auf und umklammert die Holzfigur, als wäre sie die gefährlichste Waffe der Welt. Dann holt er tief Luft und macht einen Schritt auf Raphael zu.

Und noch einen.

Und –

Es funktioniert!

Max' Schritte wischen das Bananengrinsen aus Raphaels Gesicht.

»Lass mich durch, du kleiner Scheißer!« Langsam nimmt Raphael die Hände aus den Hosentaschen.

»Nein.« Max reckt sein Kinn vor und stemmt seine Füße noch fester auf den Boden. Aber das wird Raphael nicht lange aufhalten … Max braucht jetzt eine blitzschnelle Rettungsidee!

Schau genau hin, und benutz das Ding zwischen deinen Ohren!

Kilian!

Max schaut auf Raphaels Beine, und er sieht, wie sie federn und wippen. Gleich wird Raphael aus Veras Küche stürmen!

Und Max wird ihn nicht aufhalten können.

STOPP!

Veras Besenkammer steht offen. Und der Schlüssel steckt außen.

Max kann Raphael EINSPERREN!

»Letzte Warnung!« Raphael kommt noch einen Schritt näher. »Wenn du mich nicht durchlässt, gibt's was auf die Mütze!«

Max antwortet nicht. Er muss messerscharf nachdenken. Wie kriegt er Raphael bloß in die Besenkammer?

Antäuschen und schießen!

Horst!

Max lässt die Holzfigur fallen. Er braucht jetzt beide Hände frei!

Da springt Raphael auch schon auf ihn zu. Doch Max ist vorbereitet. Wie beim Fußball weicht er blitzschnell zur Seite aus und lässt Raphael ins Leere laufen – genau in Richtung Besenkammer.

»Du blöder …« Raphaels Arme rudern durch die Luft, er strauchelt und verliert das Gleichgewicht. Darauf hat Max gewartet: Mit aller Kraft stößt er ihn in den Rücken, und Raphael stolpert in die Besenkammer.

ZACK!

Max knallt die Tür zu und dreht den Schlüssel um.

Raphael ist gefangen wie ein Tiger im Käfig. Und genau so brüllt er auch.

»Lass mich raus, du kleiner Scheißer! Lass mich sofort raus! Wenn ich dich erwische, mache ich dich fertig!«

Max kann nicht antworten. Er muss sich auf Veras Küchenhocker setzen, sonst kracht er gleich auf den Boden. Die Erleichterungs-Aufregung ist ja noch viel stärker als die Gefahren-Aufregung!

War das wirklich gerade *er*? Hat wirklich *er* das Schwarze Ass geschnappt? Max, die Tomate?

In diesem Augenblick kommt Kilian in die Küche gestürzt.

»Junge!«, ruft er. »Junge, ist alles gut mit dir?!«

Auch Horst und Vera stürmen herein, und ehe Max sich's versieht, ist er von der Wilden Sieben umringt.

»Max! Bist du in Ordnung?« Vera greift nach seiner Hand, als wollte sie seinen Puls fühlen. »Hat er dir was getan?«

Max schüttelt den Kopf. »Das Schwarze Ass«, sagt er mit zittriger Stimme. »Das Schwarze Ass ist in der Besenkammer.«

Und wie auf Kommando beginnt Raphael wieder zu toben.

»Lasst mich sofort raus!«

Die Wilde Sieben schaut sich verblüfft an.

»Das ist ja der Raphael!«, ruft Vera. »Der ist das Schwarze Ass?«

Max nickt.

»Wir haben den Einbrecher geschnappt! Quatsch, was rede ich denn? *Du* hast ihn geschnappt, Mats! Du hast es tatsächlich geschafft!« Horst klopft Max so fest auf die Schulter, dass er beinahe vom Hocker fällt.

Ja, Max hat das Schwarze Ass geschnappt.

Seine Mama ist gerettet.

Aber etwas stimmt nicht. In Max drin ist es merkwürdig still. Dabei hat er sich immer vorgestellt, dass man sich wie ein Held fühlt, wenn man einen Verbrecher geschnappt hat. Dass man überschäumt vor lauter Freude, dass man platzt vor Stolz. Doch Max fühlt nichts von alldem. Er fühlt gar nichts.

»Junge! Bist du eigentlich völlig verrückt geworden?«, poltert Kilian los. So zornig hat Max ihn noch nie gesehen. »Alleine den Einbrecher zu schnappen?!«

Bevor Max antworten kann, pflückt Kilian ihn einfach vom Hocker und hebt ihn hoch.

»Wenn dir was passiert wäre …« Kilian drückt Max so fest an seine Brust, dass er kaum Luft bekommt. »Das hätte ich mir nie verziehen!«

Vorsichtig stellt Kilian Max auf den Boden zurück.

»Du bist wirklich ein mutiger Detektiv!« Vera strubbelt Max durch die Haare. Das sollte sie sich mal lieber abgewöhnen. Detektiven strubbelt man nicht durch die Haare! Zum Glück hat der Verbrecher das nicht sehen können!

Doch der ist ohnehin mit anderem beschäftigt. Immer wieder donnert und poltert er wütend gegen die Besenkammertür. Da wird es Vera zu bunt. Sie stemmt die Hände in die Hüften und schreit mit furchterregender Stimme: »Jetzt krieg ich aber gleich einen Blutsturz! Wenn du auch nur *eine* Macke in meine Tür machst, dann kommt der Horst zu dir rein!«

»Und dann kannst du was erleben, Bürschchen!« Horst schüttelt grimmig seine Fäuste.

In der Besenkammer ist es schlagartig mucksmäuschenstill.

»Und jetzt rufen wir die Polizei.« Vera zwinkert Max fröhlich zu. »Bevor der noch meine schönen Einmachgläser runterschmeißt!«

Kapitel 23
3 + 1 = 7

Klick, klick, schließen sich die Handschellen um Raphaels Handgelenke. Dann folgt ein kurzes ratschendes Geräusch. Das kennt Max aus den Fernsehkrimis! Aber es in *echt* zu hören, verursacht ihm eine Gänsehaut nach der anderen. Jetzt sitzen die Handschellen fest. Und dafür haben Max und die Wilde Sieben gesorgt!

»Ab aufs Revier, junger Mann!« Kommissar Moser winkt einen der beiden Polizeibeamten herbei und übergibt ihm das Schwarze Ass wie ein verschnürtes Paket. Und wie er so neben dem Polizeibeamten aus der Küche trottet, sieht Raphael gar nicht mehr cool und lässig aus. Er sieht aus, als würde er gleich losheulen, und fast tut er Max ein bisschen leid. Bestimmt bereut er jetzt, dass er die beiden Omas bestohlen hat. Und alles bloß, weil er sich ein Motorrad kaufen wollte!

Wegen ein paar PS mehr!

»Du hast gehört, was Raphael gestanden hat?« Kommissar Moser klappt sein Notizbuch zu und guckt Max über den Rand seiner dicken Brille hinweg an.

Und ob er das gehört hat!

Max hat die letzten Minuten so große Ohren gehabt wie ein Elefant! Und je mehr Raphael gestanden hat, desto mehr hat sich die merkwürdige Stille in Max in ein heftiges Kribbeln verwandelt. *Alles* haben die heimlichen Ermittler richtig kombiniert!

Erstens: Raphael hat tatsächlich die Schlüsselliste von der Oberschwester Cordula benutzt. Er hat sie heimlich aus der Schublade genommen und mit seinem Handy abfotografiert. So hat er gewusst, welche Schlüsselnummer zu welcher Wohnung gehört.

Zweitens: Weil sein Onkel der Chef vom Seniorenheim ist, hat Raphael sich unauffällig auf Burg Geroldseck bewegen können. Bei einer günstigen Gelegenheit hat er sich im Schwesternzimmer die Schlüssel aus dem Schlüsselkasten geholt und nach den Einbrüchen wieder zurückgehängt.

Drittens: Damit alle denken, der Einbrecher wäre jemand Fremdes, hat er zur Ablenkung immer ein Fenster geöffnet.

Viertens: Die Spielkarten hat er nur zum Spaß hinterlassen. Um sich wie ein cooler Super-Einbrecher zu fühlen.

»Da ist jemand für dich.« Kilian tippt Max auf die Schulter und deutet Richtung Küchentür.

Dort steht seine Mama.

Sie schaut zu Kommissar Moser. Und dann zu Max. Und sie schaut ihn so glücklich und erleichtert an, dass er ganz deutlich spürt, wie er zu schweben anfängt. Ja, wirklich, er *schwebt*! Und dieses Gefühl ist das Schönste, was Max je erlebt hat. So schön, dass er einen Riesenkloß im Hals bekommt und seine Mama vor seinen Augen verschwimmt.

»Haltung, Max«, raunt ihm Horst ins Ohr. »Du kannst doch jetzt in der Nachspielzeit nicht schlappmachen!«

Huch!

Horst hat sich endlich Max' Namen gemerkt!

Max schluckt und schluckt. Dann flitzt er zu seiner Mama hinüber, und sie lacht und weint und küsst ihn so oft, bis sein Gesicht klitschnass ist.

»Tja, mein Junge, da hast du deiner Mutter aber richtig aus der Patsche geholfen. Saubere Arbeit, gratuliere.« Der Kommissar klingt, als würde Kilian ihm seine Piratenpistole in den Rücken drücken und ihn zwingen, das zu sagen. »Auch wenn du ja mit Herrn Schröder zuerst den Falschen verdächtigt hast.«

Pfffhhhh.

Da kann Kommissar Moser ihn noch so oft an seinen Fehler erinnern – Max bleibt trotzdem der Detektiv, der das Schwarze Ass eingesperrt hat!

»Aber beim nächsten Mal überlasst ihr den Verbrecher gefälligst der Polizei! Verstanden?!« Die Kommissar-Augen gucken Max so streng an, als wäre *er* das Schwarze Ass.

»Unverschämtheit!«, schimpft Kilian los. »Sie Holzkopf haben ja keinen blassen Schimmer! Wenn Sie Ihre Arbeit richtig gemacht hätten, dann –«

»Ich darf doch sehr bitten, Herr Professor!«, schimpft der Kommissar zurück.

»Und ich darf Ihnen mal –«

»Halt!«, ruft Vera. »Das Abendessen ist gleich vorbei. Lasst uns lieber in den Rittersaal gehen, sonst kriegen wir keinen Nachtisch mehr!«

Kilian und der Kommissar funkeln sich an. Aber der Nachtisch scheint Kilian zum Glück wichtiger zu sein, als sich mit dem Kommissar zu streiten. Er schüttelt nur den Kopf und brummelt etwas vor sich hin.

»Na komm.« Vera stupst Max an. »Es soll Sahnetorte geben!«

Erst jetzt spürt Max, wie hungrig er ist. Nach dieser Riesenaufregung könnte er eine ganze Torte verdrücken! Ach was! Zwei!

Im Rittersaal summt und brummt es wie in einem Bienenstock. Alle Omas und Opas und Schwestern reden wild durcheinander.

»Raphael war das Schwarze Ass!«

»Ausgerechnet der Neffe vom Chef!«

»Warum diese Spielkarten? Das habe ich nicht verstanden.«

»Meine Schmuckstücke sind viel wertvoller als diese Billigsteine von der Anneliese! Raphael muss ein ziemlich dummer Einbrecher sein!«

Max ist froh, dass er zwischen der Wilden Sieben durch den Rittersaal gehen kann. So fällt er viel weniger auf!

Doch halt! Was machen Vera, Horst und Kilian denn jetzt?

Sie treten zur Seite.

Plötzlich steht Max ganz alleine da – mitten im Rittersaal. Alle Köpfe drehen sich zu ihm, alle Augen starren ihn an. Es wird totenstill. Und natürlich braucht Max keinen Spiegel, um zu wissen, dass sein Gesicht mal wieder so knallrot leuchtet wie eine Tomate. Er schluckt. Soll er jetzt winken? Oder was sagen? Oder einfach weitergehen?

»Bravo, Max!« Die Oma mit der Piepsstimme reißt jubelnd die Arme hoch. »Bravo!«

»Hurra, Max!« Der Opa von Tisch Nr. 10 steckt zwei Finger in den Mund und stößt einen so gellenden Pfiff aus, dass Max die Ohren klingeln.

Alle Omas und Opas und Schwestern stehen auf und klatschen wie verrückt. Selbst die Oberschwester Cordula nickt Max zu! Das Klatschen und Pfeifen und Bravo-Rufen hallt ohrenbetäubend von den Wänden des alten Rittersaals wider!

Und Max leuchtet und leuchtet.

So viel Applaus auf einmal hält doch kein Detektiv aus!

Max macht eine kleine Verbeugung, und die Omas in der ersten Reihe werfen ihm Kusshände zu und wedeln mit ihren Handtaschen.

Aber auch wenn er vor lauter Freude gerade überschäumt und vor Stolz platzt wie tausend Luftballons – Max will jetzt nur noch eines: sich schleunigst an seinen kleinen Tisch ohne Nummer verdrücken. Und in Ruhe und Frieden seinen Nachtisch essen!

Da legt sich eine schwere, warme Hand auf seine Schulter.

»Falsche Platzwahl«, sagt Horst und schiebt Max sanft zu einem anderen Tisch.

Zu Tisch Nr. 7.

»Oberschwester Cordula?« Vera lächelt sie freundlich an. »Sie haben doch sicher nichts dagegen, wenn unser Freund Max ab heute bei uns sitzt.«

»Nein, nein, Frau Hasselberg, ganz und gar nicht.« Die Oberschwester Cordula lächelt zurück, als hätte sie einen großen Schluck saure Milch getrunken.

Und Max? Der lächelt auch. Und wie. Er ist sich sicher: Das ist das breiteste Lächeln seines Lebens. Noch breiter als das Bananengrinsen von Raphael!

»Setz dich, Junge, setz dich.« Kilian deutet auf den einzigen freien Stuhl von Tisch Nr. 7. »Ich hole uns Nachtisch!«

Schon eilt Kilian davon, und *zack!*, kehrt er mit einem Tablett zurück, das sich unter den vielen Tellern biegt.

»Zum Glück hast du das Schwarze Ass rechtzeitig geschnappt, Max! Nicht auszudenken, wenn wir diese himmlische Torte verpasst hätten!« Kilian redet, setzt sich und stopft sich den ersten Tortenbissen in den Mund – und das alles gleichzeitig. Diesen Trick muss Max sich unbedingt abschauen!

Für einen Moment herrscht am Tisch Nr. 7 zufriedenes Schweigen. Nur das leise Klirren der Kuchengabeln ist zu hören, und ab und zu ein behagliches Seufzen von Kilian. Dann hält Vera plötzlich inne. Sie strahlt Max an, als hätte sie gerade endlich auch einen Kronleuchtermoment erlebt.

»Ich hab eine tolle Idee!« Sie legt ihre Kuchengabel beiseite.

Oh nein.

Hoffentlich soll Max jetzt nicht wieder irgendwas üben!

»Ab heute hat die Wilde Sieben ein neues Mitglied!« Vera streckt ihre Hand aus. »Was meint ihr?«

»Aber hallo!« Horst schlägt ein. »Dich können wir gut in unserer Mannschaft gebrauchen, Max!«

»Cool!«, sagt Kilian und zwinkert Max zu. Dann schlägt er auch ein. »Ab heute gilt: Drei plus eins ist sieben!«

Vera, Horst und Kilian strahlen Max an. Doch bevor er einschlagen kann, muss er ordentlich schlucken.

Natürlich bloß Torte!

Rasch zwickt sich Max unter dem Tisch mit der freien Hand ins Bein. Nein, er träumt nicht: Ab heute gehört er zur Wilden Sieben. Voll und ganz. Denn wenn sogar ein Professor sagt, dass drei plus eins sieben ist, dann muss das ja wohl stimmen!

Und überhaupt

»Ich hab's ja gleich gesagt! Ein Kind im Seniorenheim ist nicht auszuhalten! Das gibt bloß Scherereien! Kaum wohnt dieser Max hier – schon mischt er sich mit der Wilden Sieben in die Polizeiarbeit ein und verfolgt den Einbrecher! Aber das war nur der Anfang: Seit Neuestem behaupten die vier doch glatt, dass es auf unserer Burg SPUKT! Und führen sich auch noch als GEISTERJÄGER auf! Ja, wo kommen wir denn da hin?! Ruhe und Frieden! Das ist ja wohl nicht zu viel verlangt! Und überhaupt: Wenn die vier nicht wieder alle Regeln brechen, heiße ich Rumpelstilzchen!«

Wenn ihr wissen wollt, welche Regeln Max und die Wilde Sieben in ihrem nächsten Abenteuer brechen, wie oft die Oberschwester Cordula Feuer speit wie ein Drache und warum Max ausgerechnet Frank, dem Schrank gegens Schienbein tritt; oder wenn ihr vielleicht wissen wollt, was es mit der schrecklichen Frau Blösemann und dem noch schrecklicheren Engelhart auf sich hat und warum es auf Burg Geroldseck plötzlich spukt ... Die Antworten auf all diese Fragen und noch viel mehr findet ihr in *Max und die Wilde Sieben – Die Geisteroma.*

Danken möchten wir ...

... Sabine Adler, Eva Baronsky, Claudia Brendler, Janet Clark, Fritz Fassbinder, Gabriele Gérard, Angelika Jodl, Viviane Koppelmann, Barbara Slawig, Maike Stein, Hermien Stellmacher, Judith Wilms, Heiko Wolz und Bettina Wüst fürs Testlesen und Anfeuern.

... Inke Franzenburg für die vielen Ausritte über die Stoppelfelder.

... Yulia Marfutova, die Wewelsfleth zur besten Stipendiums-WG aller Zeiten gemacht hat.

... Ruth Löbner fürs Mitfiebern, Testlesen und Tippsgeben von der ersten Minute an.

... Heidi Huber und Prof. John Vince für ihren großartigen Übersetzereinsatz, ebenso Barbara Slawig und Lisa Kuppler.

... allen Oetingers für den herzlichen Empfang im Verlag.

... Ute Krause, die Max und die Wilde Sieben auf so fabelhafte Weise eingefangen hat.

... unserer Lektorin Carina Mathern für eine rundum wunderbare, mit viel Spaß und Lachen verbundene Zusammenarbeit.

... unserer Agentin Astrid Poppenhusen für ihre Begeisterung und ihren unermüdlichen Einsatz.

… Andreas Götz für seine fürsorgliche Strenge – und überhaupt: für alles.

… unseren Familien, den Dickreiters und den Oelsners, für ihre Unterstützung und ihr Verständnis, wenn wir mal wieder alle Pläne wegen Abgabeterminen umgeschmissen haben. Und ganz besonders Marion Oelsner, die all unsere Fragen zur Altenpflege und zu Seniorenheimen geduldigst beantwortet hat.

… dem neuen Schreibtisch, der uns aus heiterem Himmel den ersten Max-Satz geschenkt hat.

Saustark! Die sprechenden Tierdetektive starten durch!

Nina Weger
Die sagenhafte Saubande.
Kommando Känguru
ISBN 978-3-7891-5130-9

Nina Weger
Die sagenhafte Saubande.
Polly in Not
ISBN 978-3-7891-5131-6

Matheo kann mit Tieren sprechen. Bei einem Ausflug in den Safaripark freundet er sich mit den Pudeln Toffy und Nero an. Und braucht schon bald ihre Hilfe ...

Polly unter Verdacht! Sofort stehen Spürschwein Max, die Pudel Toffy und Nero und die Krähe Dr. Black Matheo zur Seite, um seiner Freundin zu helfen.

Beide Bücher auch als

Oetinger

Weitere Informationen unter: www.oetinger.de